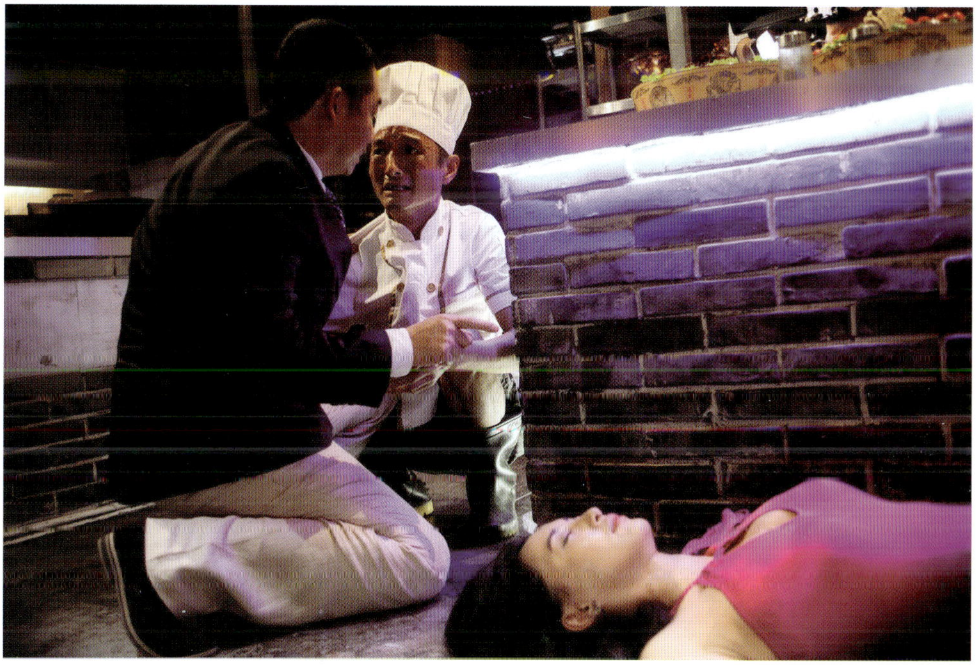

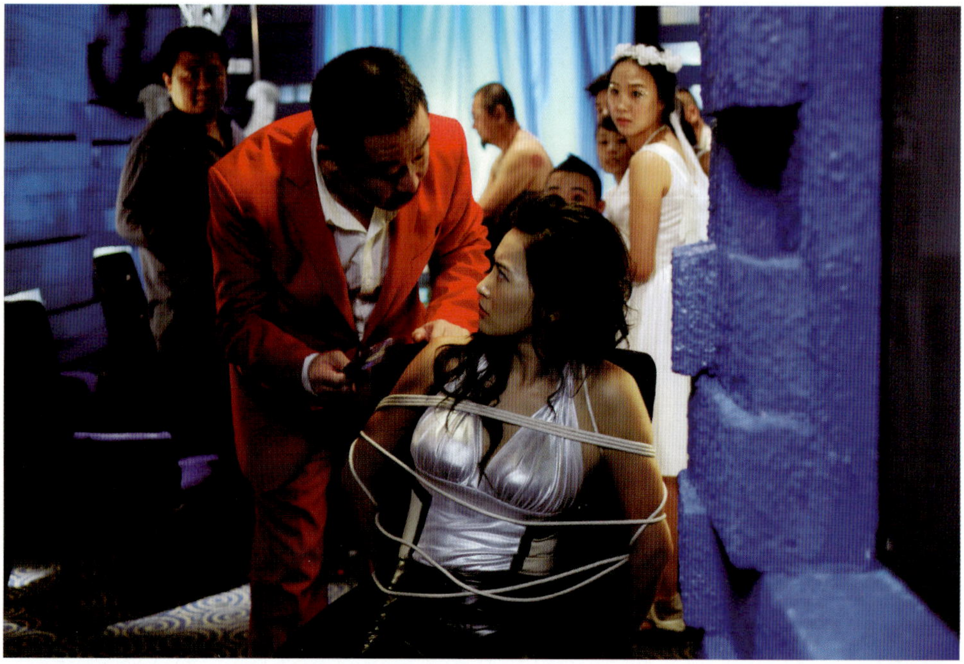

饭局也疯狂

电影小说

原著 俞白眉
改编 林莉轩

中国财富出版社

图书在版编目（CIP）数据

饭局也疯狂电影小说／俞白眉原著；林莉轩改编．—北京：中国财富出版社，2013.1

ISBN 978－7－5047－4222－3

Ⅰ．①饭…　Ⅱ．①俞…②林…　Ⅲ．①长篇小说—中国—当代　Ⅳ．①I247.5

中国版本图书馆 CIP 数据核字（2012）第 055668 号

策划编辑　刘天一　　　　责任印制　何崇杭　王　洁
责任编辑　刘天一　　　　责任校对　孙会香　饶莉莉

出版发行　中国财富出版社（原中国物资出版社）
社　　址　北京市丰台区南四环西路 188 号 5 区 20 楼　　邮政编码　100070
电　　话　010－52227568（发行部）　　010－52227588 转 307（总编室）
　　　　　010－68589540（读者服务部）　010－52227588 转 305（质检部）
网　　址　http：//www.clph.cn
经　　销　新华书店
印　　刷　北京京都六环印刷厂
书　　号　ISBN 978－7－5047－4222－3/I・0071
开　　本　710mm×1000mm　1/16　　　　版　　次　2013 年 1 月第 1 版
印　　张　11　　彩插　1.5　　　　　　印　　次　2013 年 1 月第 1 次印刷
字　　数　191 千字　　　　　　　　　　定　　价　29.80 元

饭局人物谱

12 位明星，12 个食客，12 个人物互相交错，12 小时内围绕饭局引发的故事。

封老板——刘桦

四十多岁的中年老男人，所有的故事都发生在他苦心经营的饭馆里，他笃信风水，见人说人话，见鬼说鬼话，对有钱人逢迎，对员工苛刻，饭馆开三年，工资欠三年，货款欠三年。左右逢源却还知道给自己留一手，想以黑老大杀人的光盘寻求自保，却险些招来杀身之祸。他最后洗清自己，还了货款，饭店来了新人生意又得以新生。也算没白忙活。

谭大师——范伟

一个油头粉面的中年男人，他戴假发，穿豹纹内衣，用美瞳，装假牙，还抹润唇膏，自封的国学大师。所有的人事概括起来就是忍辱负重逆来顺受，不管是老子庄子还是孙子，只有老装孙子，才是成功的王道，这就是谭大师的理论，也是他标榜国学的魅力所在。是一个彻头彻尾的大忽悠加大骗子的伪大师。

明星——黄渤

一个因在电影中被胖揍而出名的号称功夫明星——家明，遭遇事业不顺，被观众骂为脑残。处处摆谱，处处显摆，生怕人不知道他是明星，极尽耍大牌之能事。在天人一被谭大师断为名字妨碍发展，大师给其改名为金灶沐后成为五行皆有之人，并被告之在2012年12月必再火无疑。世界末日的预言招来家明痛骂“大师狗屁”，以为白花了冤枉钱。没想到在2012年到来之际，改名金灶沐的家明再度火了起来，应验了大师的预言。

蔡哥——刘亚津

庸俗的暴发户，农民出身的煤老板，开着加长的越野车，最大的愿望是要当个大官——他们村的村长，因而委托谭大师介绍认识神通广大的大老总来促成此事。他爱炫富比富，看不得别人比自己富。虽说除了钱什么都没有，但心底还是存有正义，有点流氓假仗义的豪情，开着新车撞了害人的大老总从而协助警察抓住了坏人，同时扔下一句既不合辙也不押韵的“新车撞坏人，晦气一扫光”。

老梅——梁冠华

一个胖得出奇的老警察，一个现代版的狄仁杰，行动做派言谈举止颇有狄之神韵。人虽胖，脑子出奇地好使，经验丰富，行事老道沉着。人虽胖，却很机智，也很有点霸气，话不多却挺风趣幽默。作为警察称职，作为父亲严厉，作为准岳父，挑剔。在探案同时兼顾与女儿和准女婿见面之事，可谓公私兼顾。细致的观察和推理之后，他在最终揭开了真相，也因此重新认识了准女婿的人品。

莫妮卡——莫小棋

貌似风姿绰约的女大款，实则心狠手辣的黑社会，为了拿到封老板暗藏的证据而携重金以收购饭店为名赢得了封老板的信任，不想阴差阳错地被蒙汗药蒙倒，醒来却“换了人间”，落得被反锁车内，束手就擒的下场。年轻美貌是她的有利武器，虽被擒但把好色的谭大师弄得窝头翻个——显大眼，倒也机智。

小蝴蝶——代乐乐

有点小聪明的女飞贼，作为贼总是功亏一篑，作为贼有点没见过世面，连双筷子都要顺，作为贼，胆子却是不小，也有些头脑，差点把蔡哥和谭大师给蒙了。她能随机应变，审时度势，关键时刻立下功劳，把莫妮卡反锁在车里，体现出作为贼的业务能力。虽然是贼却不乏可爱之处。

狗狗——冯瓅

封老板同乡，一个除了对封老板充满愚忠什么都没有的饭店保安。因为封老板把他从黄沙屯带到城里来，虽然老骂他揍他修理他，但他知道封老板是为他好。并在关键时刻表示只要封老板不嫌弃，他一辈子都是封老板忠实的狗腿子。他是这么说的，也是这么做的，在别人都离去之时，同样没拿过工资的他留了下来，并成为封老板的左膀右臂，紧要关头不枉狗狗其名，用利齿咬向大老总，为擒获坏人立了功。

夏有米——巴多

四十六岁，天人一饭店海鲜供货商，供了三年臭鱼烂虾一分货款都没拿，准备与封老板死磕了。却阴差阳错地被临时抓差当了厨师，一个只会煮方便面还被老婆骂只配喂狗的人终于发现自己一生乐意从事的事业竟是做饭，他热泪盈眶，引吭高歌，把封老板誉为重生父母，再造爹娘。

大老总——韩童生

黑社会老大，假冒的大老总，心狠手辣，阴险狡诈，几乎蒙过所有的人，他指使莫妮卡做出要收购饭店的姿态，拿着假钱骗过封老板，几乎拿到了致命的光盘。不过假的就是假的，最终还是被抓获，不由感叹，以后再也用不了大老总这个身份了。

“90 后”小恋人——小柯（陈月末）和小梅（张一鸾）

小柯是一个为爱情相当执著的“90 后”男孩，为了追求“90 后”最清纯的女孩小梅来到了由刘桦开的“天人一”饭馆。虽然是没房没车没钱的三无男，但小柯凭借着一颗真心，无论是经历拳打脚踢还是来自各方的压力都不曾放弃，最终感动了女孩，说服了未来岳父将宝贝女儿放心地嫁给了他。

小梅是一位非常清纯漂亮的女生，遭到了最痴情的“90 后”男生小柯的疯狂追求。父亲因为嫌弃小柯是个没房没车没钱的三无男，想极力阻止女儿与其的婚事。在参加饭局时，小梅遭到了坏人的绑架，小柯舍命相救的行为和对爱情的真诚感动了所有人，最终有情人终成眷属。

目 录

第一章

一、09：10　幸福与贫富无关

金色的阳光照耀着这座生机勃勃的城市，人们穿梭在大街小巷，为着生活而忙碌、奔波，大小车辆川流不息，似乎到处充满着活力、希望。

阳光照着这片喧腾，也照进郊区一片宁静的别墅群，这里静谧、幽深，小鸟啾鸣，绿树遍植，虽与闹市接壤，却俨然是一片世外桃源。

“啊!”一声女人的尖叫打破了这里的宁静。

叫声从一栋别墅的二楼卧室里传出，房中，床上的女人正抓紧身上的薄被拼命往床角缩去，在她身边，沉睡中被惊醒的男人一下子坐起。

“怎么了？怎么了?”男人惊慌地问。

女人紧紧靠着床头，不敢说话，恐惧地盯着他，像在盯着一头怪物，她拽着那点可怜的被角，试图遮住自己怎么也挡不住的丰满的胸脯。她不明白，不过是过了一夜，怎么眼前这个男人就完全变样了？

男人终于醒过一点神，缓缓转头看清房间里的景况。窗帘都拉着，阳光从缝隙里透进来，在墙上映出斑驳的光影。空间中弥漫着一股隔夜的被窝味儿，一丝若有若无的香气钻进男人的鼻孔，没错，这正是他自己的卧室，这缕熟悉的佛香就是证明，只是，佛香中还夹杂着一阵阵陈腐的休味，不，那是热闹了一宿的情欲的味道。

男人似乎想起了什么，他转头看向缩在床角的女人，因为背着光，看不清她脸上是什么表情。

“你怕什么？”男人问。

女人哆嗦着伸出手，指了指摆在床头的一本书，又指了指男人，像怕被怪兽咬似的，赶紧把手缩了回去。

那本书的封面上，印着一个四五十岁的男人头像，看上去儒雅睿智，气度不凡，正是最近上遍各大电视台，论国学、谈成功、讲风水的学者型名人——谭大师。

再仔细看看，封面上那个“谭大师”和眼前这个男人似乎有些相似。只是，封面上的“谭大师”头发茂密，神采奕奕，脸上像做过电波拉皮似的一丝皱纹都不带。而眼前这个男人，不但有厚重的眼袋、凸着打了好几道褶的大肚子，头上更是稀稀拉拉的没有多少头发，和封面上的光辉形象完全判若两人。

男人看到女人这番表现，却似乎并不意外，也不慌张。他扯过一旁高背椅上搭着的睡袍，随手披上，下床趿上拖鞋，悠悠然走到正对着大床的一个柜子前。

柜子上像开杂货铺似的，摆放了各类带着宗教色彩的摆件、塑像、佛珠、香炉。他抽出一支香点上，插进香炉里，淡淡的烟升腾起来，很快房间里弥散着不知名的、暧昧的香气。

男人以指为梳，拢了拢稀松的乱发，回身看着茫然无措的女人，目光中透着悲悯，他沉默地看着她，像看一只落水的小猫。女人忍不住嘴角抽搐，极力忍住内心的恐惧和胃部的恶心。

“你这是怎么回事呢？”男人终于开口了，声音低柔有磁性，似乎有说不出的慈悲，“你忘了我说的话了吗？幸福与贫富无关，与内心相连，什么最重要？是我们的心，你的心和我的心，是心和心拉上了小手，搭起了桥，我们才能有爱。可是，你让我失望啊，你看到的我是什么？就只有这副臭皮囊吗？你知道我看到的你是什么样的吗？”

不知是被男人的声音蛊惑，还是他说的话击中了她的内心，女人的恐惧和恶心慢慢消失，不由自主地轻轻摇了摇头。

男人叹了口气："唉，我知道，有很多男人追求你，因为你长得美，上天给了你一副好身材，那些男人巴不得拜倒在你的迷你裙下，为你摧眉折腰，可是，我看到的，是你痛苦无助的灵魂……"

"啊……"女人轻呼一声，眼中立刻泛起了泪光。

"身为一个美女，你享受男人带给你的虚荣，也要承受同性对你的嫉妒和排挤，你孤独啊，那么多男人，没有一个是真心爱你，他们只是贪图你的美色，一夜贪欢，得到就意味着抛弃。这种爱是庸俗的、虚伪的、肤浅的、没有价值的，这样的爱，很黄很暴力，你要相信这种爱，就是很傻很天真，要吃大亏的呀……"

女人"嘤"一声哭了出来，男人继续说："我以为，经过昨天我对你的度化，你已经懂了，唉，看来，我还是太高估我自己啦……"说着，男人摇摇头，神情非常痛苦，似乎是对自己的失败感到痛心。

女人一下子跳下床，顾不得赤裸着身体，扑倒在男人脚下，哭着喊："大师，我错了，谭大师，你原谅我吧，我真的错了……"

谭大师矜持地负手站着，过一会儿，才弯下腰，把赤裸的女人扶起，拥在怀里轻轻拍着她光洁的背，柔声说："好了，好了。"

此时此刻，光线暧昧，熏香撩人，佳人在怀，似乎很适合做一些"身心交流"的事，谭大师的手也忍不住在女人的背上上下游走起来，偏偏这时手机响了。

谭大师心里暗骂，但还是快步走到床边拿起手机，一看，马上接起来："大老总，您好、您好……是，是，今天晚上，天人一，好的、好的，我现在就给您安排，好的，再联系，再见！"

挂上电话，谭大师回头遗憾地看看女人，终于还是收起绮念，抓起女人散落在地上的衣服，塞到女人怀里，摸摸她的脸，说："宝贝儿，下次我们再一起探讨人生，嗯？"

女人不舍地在他脸上亲了一口，抱着衣服去了卫生间。谭大师贪婪地盯着女人的背影，咧着嘴无声地笑了笑。

送走女人，谭大师的手机又一次响起，是助理给他设定的备忘录，提醒他参加下午1点半在某会议中心举办的新书发布会。

算了算时间尚早，谭大师决定先好好泡个澡。把身体沉入热水中时，他惬意地舒了口气。

他靠着浴缸壁，头下枕了块毛巾，手机就放在浴缸旁的小凳上。这是他多年养成的习惯，虽然卧室里有一部带自动留言功能的电话，但那是给不熟的人准备的，重要的人物他都通过手机联系，随时带在身边，这才不容易误事。

按摩浴缸里嘟嘟地冒着水泡，谭大师舒服地闭上眼睛，回想昨晚一夜风流，禁不住又是一阵心神荡漾。

还在几年前，那时候人们还叫他“谭德贵”，他只是一个普通得不能再普通的中年大叔，走在人群里根本没有人会多看他一眼，更别提有美女主动投怀送抱。但时来运转，他不过是隐居了几年，给自己改了名字叫“谭大山”，通过关系出了几本谈论国学、风水的书，立刻就摇身一变成了“谭大师”。

一个称呼的变化，反映的就是人的身份和地位的高低。谭大师对此深有体会，并且引申出去，对自己对外的形象、居所、交际的圈子，都格外的用心，所以才会不惜砸下重金租下这套两层的中式别墅，这不仅仅是套房子，也是他的门面、他的名片和实力的象征。

有了这些东西，再想要什么都轻而易举了，钱财、美女，更多的钱财、更美的美女……

谭大师正浮想联翩，手机又响了。他擦干手，拿起来看了看，来电显示上写着——蔡（有钱傻冒）。

谭大师脸上露出一丝冷笑，这是他手里的一条大鱼，人称蔡哥，一个开矿的土大款，胸无点墨一肚子毛草，手里有了钱就想往上流社会挤，通过关系认识了他这位“大师”，多番拜托要他帮忙打进上流社会，结识达官显贵，他都搪塞了过去。放长线钓大鱼，这个简单而有效的手段他一直运用得非常娴熟。

等铃声再响了两遍，谭大师才不慌不忙地接通电话。

“大师？我的妈呀你可算是接了，他妈的你干什么呢？”手机里蔡哥急吼吼地说。

“小蔡啊，我跟你说过多少遍了，要注意你的谈吐，不要张口就问候别人家的女性长辈。”

“是是是，我这不是着急吗？我说大师，拜托你那事儿，到底怎么个意思了？”

“嗯，有点眉目了，难得今天大老总约了我去天人一谈国学，你也去吧。这样，我下午有个新书发布会，大概2点结束，你到会场来接我吧。”

蔡哥激动得连声答应，问明会场地址，就挂了电话。

说起这个大老总，谭大师对他也是雾里看花，只知道他背景深厚，手握大权，所以在大老总面前，他这个“大师”也只能恭恭敬敬，小心应对。

拿着手机，谭大师顺手翻到“天人一”的号码，刚拨出去，又挂断了。

他原想通知“天人一”的封老板早做准备，但又改了主意。

“天人一”是家坐落在市郊西山灵碧湖畔的饭馆。三年前它还不叫这个充满禅意的名字，是谭大师偶然跟朋友去吃饭，那里的封老板久闻他的大名，特意请他改的。

“天人一”，取的是“天人合一”的意思，谭大师当时就这个名字所含的深意给封老板做了详尽的解释，不过，他知道封老板听不懂，他也没想他懂，对方懂得太多对他来说反而是危险的事。

再后来，他和“天人一”的关系就有些微妙了，大概是看中了他手里的人脉关系，封老板向他提出一个合作的计划，那就是他介绍大人物去“天人一”组饭局，封老板给他提成。

谭大师对这种合作关系非常满意，合作也一直进行得很顺利。不过最近封老板跟他联络得少，似乎有了点过河拆桥的意思，虽然提成没变，给的也及时，但谭大师觉得在这种时候，自己不能着急地通知封老板做准备。

他要让封老板意识到，没有他谭大师，“天人一”就只是再普通不过的一个饭馆。不是他有求于“天人一”，是“天人一”有求于他。

想到这里，谭大师放下手机，仰靠着浴缸壁，满意地哼起了小曲。

二、10：30　老婆决定财富值

在城市的另一端，本城最大的水产市场正迎来一天中最繁忙的时刻，人流如织，熙来攘往。

夏有米开着那辆破旧的面包车拐进水产市场，车身上“老虾米海鲜”几个字已经显得斑驳。面包车灵活地在人群中七拐八绕，最后停在一个不显眼的摊位前。夏有米的老婆金叶正在卖力地吆喝。

夏有米跳下车，拉开车门，抬下一箱带鱼。金叶迎上来瞅了瞅，立马变了脸，扯住夏有米的耳朵就开始嚷上了：“有你这么做事的吗？你进的这叫什么货？这叫带鱼吗？你见过快赶上筷子粗的带鱼吗？出门的时候就叫你挑货的时候用点心用点心，敢情你不是没心，你是连眼睛都没长！你说，这种东西叫我卖给谁去？你说呀！”

夏有米耳朵都快给扯下来了，硬是咬着牙一声不吭。周围的摊主、买家都远远地看着他们两口子笑。常来这水产市场的人都早已习惯了这一幕，要是哪天夏有米不挨老婆金叶的骂，这才是太阳打西边出来——奇了怪了。

“你倒是说话啊，这是谁给你的货？去退了、退了！”

“行啦行啦，你松手、松手，行吗？姑奶奶。”夏有米放下那箱带鱼，这才舰着脸小声央求。

金叶看着夏有米被扯得通红的耳朵，心疼了，急忙松了手，一低头，看见那一箱带鱼，气又上来了，一脚踢上去，“嗵”地一声响。

夏有米急忙蹲下捧住金叶的脚，连声说：“老婆，疼吗？你这是干啥呀？

这种事儿让我来就行了，何苦你自己动脚呢，看我的！”说完站起身，虚张声势一脚踢在箱子上，箱子里的带鱼动都没动一下。金叶扭头走开，根本不理他，夏有米忙跟上去，讨好地说：“老婆，不生气了吧？”

“要我不生气可以，你说清楚这是怎么回事。”

“其实，你不是都清楚吗？现在什么东西不涨价，你给我那点钱，也就够进这样的货了……”夏有米小声地嘀咕。

金叶猛地转身瞪着夏有米，夏有米吓了一跳，忙站住。金叶眼中怒火熊熊，像要一把火把干巴的夏有米给烧了。夏有米不知道自己是踩到了她哪根神经，屏着气不敢吱声。

“我、给、你、那、点、钱？”金叶几乎是咬着牙一个字一个字地往外蹦，“你是怪我抠着钱不给你对吗？”

“没没没，我不是那意思，我……”

“呸！夏有米，我跟你说，这个家，这生意，要不是我东拉西扯的想办法找补，你以为能撑到现在？怪我不给你钱，你以为这钱来得容易吗？”

夏有米直摇头：“不容易……”

“不许插嘴！”

夏有米赶紧闭上嘴，因为太用力，嘴唇都有些发白。

“每天我在这摊上，人家跟我讲一毛钱的价我都不肯，我得费多少力气多少口水啊，你倒好，别人欠着我们的货款，你连个屁都不敢放，回头埋怨我不给你钱，你当我是印钞机啊？告诉你，今天你要不去天人一把他们欠的款拿回来，你就甭回这个家了！”

这铿锵有力、掷地有声的一番话，把夏有米说傻了，呆呆地站着，半张着嘴，似乎一下子没有理清这番话的逻辑关系。

金叶看着他这副三棍子打不出一个屁的怂样，实在恼恨得牙痒，一指头戳在他脑门上，恨声说：“你就怂吧，怂死你得了，说，去还是不去？”

这一下把夏有米给戳疼了，忙说：“不是，老婆，那不是，上个礼拜我不是去要过了吗？……”

“那算什么要过？就那三五百块，打发叫花子啊？你自己算算，他欠我们才三五百吗？就是三千五千也才是个零头！”

“那啥，老婆，那我跟封不平不是从小长大的交情吗？他那生意也不容易……”

“他不容易？我容易是吗？得得得，这生意我也不管了，夏有米，我真服了你，别人觉着我金叶厉害，都把我当泼妇，其实你才是高明呢，这软刀子拉人，不见血，生疼呢，你不去要账是吧？行，这摊儿你自己守着吧，我操不起这份心。”

金叶一边说一边利索地解下防水围裙，干脆地往夏有米脸上一扔，转身就走。夏有米脸上一疼，眼前一花，再一看，金叶已经头也不回地走远了。

夏有米张张嘴想叫住金叶，最后又没敢出声，谁叫理亏的是他呢？

活到今天四十多岁了，夏有米从来没试过把说话的音量超过20分贝，更别说跟人吵架，更别说是跟自己老婆，不管有理没理，他奉行一条准则——老婆永远是对的。

也正因为如此，平时守摊做生意的都是金叶，夏有米只负责进货、搬货、出摊、收摊打打下手，想到要独自应付那些精明挑剔的顾客，他就满头的包、一脑门子的汗。

说起来，今天这事都要怪封不平那小子，自打他开了那个叫什么“天人一”的饭馆，说是照顾老朋友，店里的海鲜都从他这个“老虾米海鲜”进货，但直到今天，总共才结了两次账，最近一次还是上礼拜他被金叶催着跑去“天人一”，把封不平堵在厕所里，才拿回了五百来块钱。

为了这笔账，金叶没有少教训他，可他总觉得拉不下脸面，毕竟是从小一块长大的朋友，封不平又老在他面前叫苦，说什么别看来的都是大人物，打白条的多，付现金的少，生意难做还得赔尽小心，难啊。每次都说得夏有米跟着唉声叹气，恨不得把自己兜里的钱掏出来支援他这个困难户。

人就是这样，不想得罪朋友，就只能得罪家人，不想麻烦别人，最后就是惹自己一身麻烦。

夏有米心里憋闷，走到旁边的副食店拎了两瓶生啤，坐在摊前喝起了闷酒。

他不知道，其实金叶并没有走远，她绕了一个圈子后，又回来了，躲在斜对面一家卖干货的店里悄悄注视着他。

干货店的老板跟他们两口子也挺熟，故意开玩笑说："你们老虾米都借酒浇愁了，你还不回去安慰安慰？"

"甭理他，半杯啤酒就能把他整趴下，看他能怎么喝？"金叶嘴里还倔着，心里却真心疼，看来自己刚才真的骂狠了，等会儿找个机会给他个台阶下了算了。

水产市场里人声鼎沸，顾客来来往往，叫卖声、讲价声此起彼伏，嘈杂中带着欢快，似乎人人都有副好心情，除了夏有米。

夏有米守着他那片冷清的"老虾米海鲜"摊，手里的啤酒瓶已经见了底。闷酒是越喝心越闷，夏有米耷拉着脑袋，无精打采。过往的顾客看他这个样子都不敢上来问价，更别说他面前摆的那些水产，也跟他一样，无精打采，奄奄待毙，冷冻的海产上铺上了一层苍蝇。

金叶既心疼他，又心疼那些货，正想出去，就见摊前来了一个老太，她收回了步子，想看看夏有米自己怎么应付。

"哎呀，你这店怎么回事？鱼都臭了还摆出来卖？不要太缺德哟。"老太咋咋呼呼地嚷着。

夏有米眼皮都没抬一下，不知道是酒上了头发晕，还是根本没听见。

老太一边捂着鼻，一边又拈起手指去翻水盆里的虾，嘴里啧啧有声，很是嫌弃。

"我说，你这虾都不新鲜了，便宜点卖给我算了。"

没人回答。

老太看看夏有米："我说你听到没有？你别觉得亏啊，我要不买，你这虾就烂在这儿了，我收走了，你好歹还能赚回点。"

夏有米还是不理她，他的脸已经开始发红，平时滴酒不沾的人，一口气灌下两瓶啤酒，这酒劲儿是他从来没有感受过的，他只觉得身上充满了力量，很想找什么东西发泄一下。

老太见夏有米不说话，干脆自己动手拿了袋子，抓起网兜开始捞虾，网到兜里又挑拣一番，把死掉、不太新鲜的虾都扔出来。

这一番动静总算让夏有米有了反应，他把酒瓶放下，轻轻地说："放下。"

老太继续捞虾，嘴上还说："我又不白要你的，算便宜点就行，我问了，今天新鲜的虾22块一斤，你这些，算18差不多了……"

"我说放下！"夏有米一声大喊，不光惊动了周围的人，连一直偷偷观望的金叶都吓了一跳，太难得了，一向低声细语的老虾米居然也能吼一嗓子，果然是酒壮怂人胆！

老太也吓得不轻，手一哆嗦，捞好的虾掉了不少在地上。

"你吼什么吼？我一个老太太你这么吼是要出事情的知道吗？吓出心脏病来你负得起责吗？"

夏有米吼完一嗓子，自己也愣了，就像身体里冒出来一个他从来不认识的夏有米，凶猛而剽悍，他看着对面那个老太惊恐又愤怒的眼神，脑子里一激灵，那个凶猛剽悍的夏有米立时缩了回去，他又变回了那个说话永远不超过20分贝的老虾米，他嗫嚅着说："对、对不起。"

"哼，不买了。"老太把手里的袋子往水盆里一扔，气呼呼地走了。

对面的金叶看得直摇头，烂泥扶不上墙啊。

夏有米摸了摸有些发烫的脸，喝下去的啤酒在胃里一阵翻腾，酒气上涌，他突然有了一个特别清晰的念头——今天这事不能就这么算了！

白挨金叶一顿骂，丢一天的生意，他在这儿难受，那个罪魁祸首连个信儿都不知道！这种情况不能再继续下去了，今天必须去找封不平那小子把账给算清楚，这次要给他来一下狠的，让他知道知道，狗急了要跳墙，兔子急了也咬人！

夏有米在店里火烧屁股似的转了几圈，终于选中了一把平时敲冰用的大铁锤，拎在手里就上了面包车，连摊儿都顾不上收。

老旧的面包车扯开多年支气管炎似的破嗓，咳嗽着上了路，心无旁骛的夏有米没有看见金叶从干货店里追了出来，更没听见金叶的喊声，他满脑子只有一个声音在回响——去“天人一”，要账！

三、10：35　虚荣本质

整个上午，老梅都在收拾自己那张用了多年的旧办公桌。他从办公桌的抽屉里找出很多一直以为已经遗失的东西。

有一本软塑封的笔记本，封面上还印着“向雷锋同志学习”的字样。老梅小心地把已经粘连的内页分开，看出来这是自己刚当上刑警那阵子做的学习笔记。他没念过什么书，顶替自己的父亲进了公安局，后来又参加了强化学习班，由于成绩突出，被分到了刑警大队。

笔记本上的字体刚劲有力，就像那时候的老梅一样，年轻、有冲劲，一腔青春的热血恨不得都泼洒到惩恶锄奸、为民除害的公安事业中去。老梅轻轻地合上笔记本，往事不忍回首，他老了，那颗已经老了的心伤不起了。

在办公桌最底下的一格抽屉里，老梅找出一个信封，把里面的东西倒出来，居然是一叠照片，有黑白的，有彩色的，显然出自不同时期，有好几张因为年代久远，黏得很紧，已经无法分开。

老梅把还能看清的照片分拣出来，随手拿起一张：照片上他躺在病床上，右腿打着石膏，领导们亲切地和他握手。

看着照片，老梅不由自主地摸了摸右腿，似乎它又隐隐作痛起来。他永远不会忘记，这是他追捕“大老黑”受伤后，领导和同事来医院看望慰问时，宣传科的同事拍的照片。也是这一次受伤，让他瘸了一条腿，成了残疾。

事隔多年，老梅依然清晰地记得，那一年，全城通缉头号飞贼“大老黑”，此人十分凶残，杀人越货无恶不作，老梅那时正年轻气盛，憋着一股劲儿要把“大老黑”抓捕归案，绳之以法。根据线报，老梅蹲守了三天三夜，终于把“大老黑”堵在了一条死胡同里。

胡同两边都是平房，房檐有三米多高，又没有可供攀援的东西，唯一的出路也被一面高墙堵死，老梅相信只要自己拿出拼个你死我活的狠劲儿，肯定能把“大老黑”困住，拖到同事来增援。

万万没有想到，老梅舍身扑向困在胡同底的“大老黑”时，那恶贼居然纵身跳上停在胡同里的一辆夏利车，脚尖一点，就上了旁边的平房房顶，眼看要被他逃了，老梅顾不得多想，也如法炮制，蹭蹭蹭上了房顶，一路紧追不放，就在他快要追上“大老黑”，一个虎扑扑向那恶贼的时候，“大老黑”居然一个漂亮的回旋踢，狠狠地把他从三米多高的房顶上踹了下去……

老梅深深叹了口气，打那以后，他这条腿就废了，前途也完了，原本他因公致残也该得个奖章什么的，可别人得奖章好歹把罪犯抓住了，可他呢，罪犯跑了，而且从此销声匿迹。所以，除了局里对他的特殊照顾，他什么奖章也没有，什么功也没有记。

命运弄人啊。老梅感叹着，又拿起另外几张照片，照片上乖巧地朝他笑着的，是他唯一的女儿小梅。

自打他瘸了腿，就退居二线，不再参与抓捕行动，只能搞搞审讯之类的工作，没几年，老婆也病故了，为了不让女儿受欺负，他硬没有再娶，一个大男人，又当爹又当妈，辛辛苦苦把小梅拉扯大，其中的甘苦，真是如鱼饮水，冷暖自知啊。

正回忆着，老梅的手机响了，他的手机铃声是小梅自己录的，女孩子欢快地喊着——老爸，快接电话！老爸，快接电话！

“小梅，什么事？我上班呢。”

“我知道呀，我就是提醒你，昨天跟你说好的事儿你别忘了。”小梅在电话里跟老梅撒着娇。

老梅的眼神黯了一下，嘴里还是若无其事地问：“什么事？”

小梅不太高兴了：“就是今天小柯请你去天人一吃饭的事啊，昨天说的好好的……”

“好了好了，我知道了，到时候再说吧。我忙着呢。”老梅打断她，想挂电话。

“你忙什么呀，今天你都……”

“行了，我说我知道了，没完了？”老梅的嗓门一下子大了许多，说完自己也愣了。

电话那头小梅不敢出声，也不敢挂电话，过一会儿，才小心翼翼地说：“爸……爸？”

“说吧。”

“那今天下班的时候我和小柯过来接你，你等着我们啊。”

“嗯。”

老梅挂断电话，把手机揣进兜里，看看眼前收拾了一半的办公桌，突然没了心情。

今天是个特殊的日子，老梅退休了。干了一辈子刑警，老梅最渴望的就是办成一件大案子，立个功，拿个奖章，也算是对自己这辈子有个交代，可是，除了一条瘸腿，他什么都没得到过。

等到办完退休手续，他就再也不是刑警了，而是一个普通的退休老头儿，他曾经热血的青春、未酬的壮志，就要随着那枚盖在退休证明上的鲜红公章，一去不回。古人说盖棺论定，老梅觉得自己虽然还没到那一步，但也差不多了，他这一辈子也已经有了定论，就只是一个碌碌无为的小警察。甚至，当年把他腿弄瘸的“大老黑”因那次成功的脱逃，就此得名“飞夏利”，至今仍然逍遥法外。

想到这些，老梅觉得自己真是窝囊透了。小梅是他这辈子最大的安慰，也是他最大的成就。可能是因为他从小对女儿太娇惯，让小梅养成了任性贪玩的个性，如今长大了，交了个在酒吧唱歌的男朋友还说要结婚，想想一直捧在手心里的宝就要做别人家的人，老梅心里怎么都不是个滋味。

“天人一……天人一……”老梅喃喃自语。

同一个办公室的同事这时候进来了，听见老梅念叨，便问："哟，怎么？今儿退休要去天人一好好庆祝庆祝？"

"庆祝什么呀，就是吃个便饭，女儿请客。"

"哇，小梅这份孝心可不小啊，天人一可是城里有名的高档馆子，听说去吃饭的都是些有头有脸的人物，一般人可吃不起。"同事羡慕地说。

"是吗？"老梅一向不关心这些，听到同事这么说，心头一沉。

他心里暗想：那个穷小子，在酒吧唱歌能挣多少钱，居然请在那么高档的馆子吃饭，虚荣，腐败，不是什么好东西！

四、11：00　明星空窗期

电影厂某摄像棚里，某剧组正在紧张拍摄。

镜头中，一位白衣侠客手持长剑，正和一使刀的青衣武士斗在一处，衣袂飘飞，刀光剑影，只听二人口中呼来喝去，刀剑相击锵锵有声。

白衣侠客一个跃起，长剑刺向青衣武士的头顶，眼见青衣武士就要不敌，白衣剑客脸上不禁露出得意地一笑，却不料青衣武士脚下诡异地一个滑步移开，手一扬，袖中打出一记飞镖，正中白衣侠客的心口！

白衣侠客"啊呀"一声惨叫倒地，捂着胸口悲愤地说："卑鄙！居然用暗器！"

青衣武士得意地仰天大笑。

"过！收工！"

随着导演一声喊，在场的人都松了一口气，一早就等在外边来探班的粉丝立刻拥了进来。

白衣侠客利索地从地上爬起来，快步走向迎上来的助理，口中急急地吩咐："跟她们说，家明很忙的，不签名，不合影！"

助理尴尬地说："那个，老板，她们好像不是来看你的。"

“嗯?”白衣侠客怀疑地回头。

果然，那群手捧鲜花、礼物、糖果包的女粉丝，已经密密麻麻地把青衣武士围了起来，嘴里不停地发出各种惊呼，脸上还带着兴奋和羞涩参半的笑容。青衣武士笑容可掬地给她们签名、合影，又引发粉丝们一阵阵花痴般的尖叫声。

白衣侠客怨愤地看着这一幕，猛地一甩头，恨恨地说：“家明不稀罕!”怒气冲冲地回到休息室。

助理忙屁颠屁颠地跟上去，帮白衣侠客脱戏服，拆头套，一边观察白衣侠客的脸色，一边还是鼓起勇气说：“刚才经纪人打电话来说，手表的广告代言没了……”

“什么？不是马上要签合同了吗?”

“厂家说考虑到消费群的问题……”

“借口，统统都是借口，他们都是在欺负家明，打击家明!”白衣侠客气呼呼地匆匆走向停在外面的保姆车，一直守在车上的司机赶紧跳下车拉开门。

白衣侠客上了车马上拿出手机，拨号：“……喂，谭大师，你一定要帮帮家明啊。”

一口一个家明的正是曾经红极一时的功夫明星家明，最近他觉得自己特别特别难过，特别特别不顺，特别特别地需要有高人的帮助。曾几何时，他拍片的时候，外面总有一大群粉丝等着能见他一面，哪怕只看到一眼，也能激动得想晕倒，更别说捧着签名本等他签名，煲好汤不远数里打车来慰问，遇上他心情好愿意合影立刻巴不得长在他身上的各种熊抱，还有数不清的各种值钱的不值钱的小礼物，甚至，他在收到的玩具毛毛熊耳朵眼儿里还发现过一枚钻戒。

可是现在，一切犹如浮云散，别说没有粉丝来探班，就连他去参加活动，出场的时候能喊出他名字的都如凤毛麟角，他内心充满着深深的恐惧——他被遗忘了，他过气了!

这不只是家明一个人的恐惧，这几乎是所有做明星的人心中最大的恐惧。

明星卖的是一张脸，吃的是青春饭，靠的是知名度，赚的也是辛苦钱。一旦那张脸被人遗忘，就等于宣布了失业。

让家明郁闷的是，他的片约没有断啊，还是有导演投资商找他演戏啊，就算是如今能打的明星不少，至少说明他还是有市场、有票房号召力的呀，且不管上映后那些批评他的影评口水是不是能把他淹死，好歹还是在岗，没有沦入失业人员的大军。但为什么就是感觉一天不如一天了呢？家明真是想不明白。还好，机缘巧合，他认识了谭大师这盏“指路明灯”，心中又涌起了希望。

“大师，家明最近真的是太不顺了，家明天天看你写的那些书，自己也觉得很有启发，也努力像你说的那样要求自己，每天都跟自己重复好几遍——幸福与贫富无关，与内心相连，可家明还是觉得好难过好难过的呀……

“厂商的代言取消了不算，已经三个月没有人找家明要过签名了，三个月、三个月啊，这实在太可怕了，家明做梦梦到走在大街上，没有人看家明，没有人叫家明的名字。以前家明做梦都想过这样的日子，觉得这样才轻松自在，但现在家明梦到了都会生生吓醒啊……

“大师，你再帮帮家明，给家明出出主意，指点指点迷津，家明会非常非常感激你的呀，家明和大师见个面吧，好不？

“嗯？去天人一？今天晚上？天人一是个什么地方？……哦，家明知道了，带上生辰八字，在天人一金字房等。好的，家明记住了。”

挂了电话，家明拍拍司机：“哎，知道天人一在哪儿吗？”

“天人一啊，我知道，听说很有名的，去的全是大腕儿。”助理在旁边抢着说。

家明脸色一沉：“家明都不知道的地方，怎么会有名？”

助理识趣地闭上嘴。

“那地方我听说过，在西山上，老板，我送你去吧？”司机说。

“不用了，我自己开车去。”

五、11：10　神秘来电

一处高档小区的某个套间里。

浴室里淋浴的水声停了，不一会儿，莫妮卡裹着浴巾从浴室里出来，她身材高挑曲线玲珑，一张脸美艳中透着清冷，隐隐的带着些凛冽的气质。

这时，梳妆台上的手机叫嚣起来："吃了我的给我吐出来，拿了我的给我还回来……"

莫妮卡急忙抢步上去，看了看来电显示，马上接了起来。

"喂，莫老板吗？是俺啊……"手机里传来一个口音极重的男人声音。

"我知道，说正事。"莫妮卡的嗓音低柔中带着磁性，非常有魅力。

"是这么回事，俺已经和俺那帮兄弟们商量好了，跟着您干。"

莫妮卡脸上露出不出所料的冷笑："嗯，我知道，你们都是聪明人，人往高处走嘛，这一点，我很欣赏哟。"

手机那头的男人受到了肯定，显得十分激动，"全靠莫老板的器重、栽培，俺们准备今天就走，打那孙子一个措手不及。"

"呵呵呵，不会被他察觉吗？"

"保证不会！对了，莫老板，"男人突然压低了声音，"俺照您吩咐的，悄悄注意他的动向，俺发现，那孙子今天早上把自己关在办公室里，好像整了一张光盘。"

"光盘？放在哪里？"莫妮卡一下子警惕起来。

"这个俺就不知道了，俺怕他发现也没敢多留。"

莫妮卡皱起眉，脑中飞快地思索着。

"莫老板，在听吗？"

"哦，你说吧。"莫妮卡回过神。

"那俺们今儿就上您那儿去，行不？"

莫妮卡发出几声娇滴滴的笑声："当然好啊，我一直等着你们呢，这样吧，等你们出来了，再给我来个电话，预祝你们顺利哟。"不等男人再说什么，她挂了电话。想了一会儿，她又拿起另一部手机，拨出一个电话。

"喂？事情有点变化，有一个新情况，那件事情，可能被封不平刻成了光盘。"莫妮卡的语气跟刚才判若两人，显然电话那头是一个对她有威慑力的人。

"嗯，那帮人说今天要炒封不平的鱿鱼，我们不如来个浑水摸鱼……嗯，我明白，我会见机行事的。"

再次挂了电话，莫妮卡脸上已经恢复了冷峻的表情。刚才她电话提到的"封不平"就是"天人一"饭馆的老板，打电话向她告密并要来投靠她的，是她花了两个月时间收买的一个重要的内线。看样子，她似乎收买得很成功，不光要拆伙走人，还向她提供了至关重要的情报。

她环视了一下这间不大却奢华的套房，知道自己可能很快就会换地方住了。这套房子是她租的，她不是什么老板，自然也不叫莫妮卡，这只是她众多化名中的一个。她在这个小区住了大半年，邻居们都几乎没怎么见过她，她更不会主动去结识他们，认识她的人越少越好。

自打出了那件事，风声骤紧，她只能东躲西藏，并且在"那个人"的授意下，由她出面跟封不平打交道、设局，暗中收买内线，终于是走到了今天这一步。

想到"那个人"，莫妮卡秋水般的美目中也禁不住闪过一丝寒意，如果不是他，自己可能早就选择跑路了，可有他在，她不能跑，也不敢跑，她太清楚他的手段了。

不能做同伙，只能做敌人。这是"那个人"的行事准则，并且执行得很坚决。

还好，事情似乎是越来越向好的方向发展了，不出所料的话，今天晚上就可以全部解决掉，她只需要再等一个电话，就可以亲上战场，一展身手。

打开衣柜，莫妮卡精心地挑选起了衣服。要去"天人一"那样的地方，自然要挑一件最合适的衣服，既能迷倒人，又方便行动，她是一个挑剔的人，大幕拉开，好戏就要上演，这一身行头怎么可以马虎？

这一天，和夏初时节的其他日子没有什么区别，天气晴好，风和日丽。

这一天，谭大师、夏有米、老梅、家明、莫妮卡，这些个身份各异互不相识的人，仿佛冥冥中有一只手，将这一群怀着不同目的的人纷纷引向了“天人一”，他们对“天人一”或轻视、或怨怼、或困惑、或茫然、或期待，这不禁令人好奇——“天人一”究竟是个什么样奇妙的所在？

这一天，是2011年6月14日，农历五月十三，黄历上写——诸事不宜。

第二章

一、12：20　这个大厨有点狠

顺着外二环的迎宾大道一直往西，来到西山脚下，沿着两车道的盘山公路直上，经过一段坡度陡峭的九转十八弯后，就进入一段平缓的路程，再直行数里，一片澄澈碧绿的湖水就会出现在人们的视线中，这正是西山最美的所在——灵碧湖。

湖水碧中透蓝，湖面平滑如镜，如一块被仙人不小心遗落的美人镜，躺在青山环绕的臂弯中，温柔地倒映出蔚蓝天光、绿树惊鸿。偶有山风吹来，吹皱一湖春水，水波粼粼，另有一番醉人景色。

湖岸边，青草悠悠，野花芬芳竞艳，草坪上，突兀却又和谐地立了一块古朴的小木牌，木牌上刻着苍劲中又显飘逸的六个字——天人一，在彼岸。

顺着木牌上指示的方向看去，远远的，在湖的对岸，有一座高大华贵、雕梁画栋的牌楼，在牌楼后面，立着一座红墙碧瓦、飞檐斗拱的中式小楼，小楼大门上方，挂了一块匾额，上写——天人一。

这里就是赫赫有名的，传说中达官显贵出入、高朋满座、风光无限的饭馆，果然是依山傍水一块福地。

时过正午，“天人一”依然大门紧闭，似乎是并不打算开门营业，山风吹来，屋檐下悬挂的小铜铃“叮叮”地响着，一时显得特别的空寂。

“吱呀”一声，“天人一”的大门从里打开了，迎宾小姐小蕾抱着一块立牌从里面出来，她扭动腰肢，迈腿跨过门槛，从几乎开到腰间的旗袍高衩里，露出一截雪白的大腿。小蕾噘着嘴，把立牌拖到大门边放好，立牌上贴了张红纸，上面龙飞凤舞写了六个毛笔字——招聘女服务员。

“啊——哈——”同样穿着旗袍的小蕊打着哈欠从门里出来，顺手理了理旗袍的立领，眼光瞄向那张红纸，嘴角撇了撇，“还招人？这都几个月没发工资了？”

“嘁，你不懂了吧？说明这里生意好啊，这里开的是什么？饭馆啊，最讲究的就是人气，你看看那些生意火的饭馆，不是常常有人排队等位吗？其实人就是喜欢凑热闹，先不论饭菜好不好，只要看到有人排队，肯定要去掺和掺和，所以有些饭馆明明没几个客人，也假模假式地发个号牌叫客人等……”

“你扯这么多干什么？这和招人有什么关系？”

“还不明白？那些排队的人里有的就是饭馆雇的托儿，我们这个招聘信息啊，和托儿的意思差不多，就是告诉你，我们忙得连服务员都不够了，那生意得多好？跟你说，我们老板这一手可比请托儿高明。”

小蕊还是有点糊涂：“怎么就高明了？”

“你怎么这么笨啊？请托儿要花多少钱？自己写个招聘信息才多少钱？”小蕾觉得小蕊真是无药可救，这么简单的账都不会算。

小蕊不以为然地翻个白眼，一边挥手赶苍蝇，一边说：“明明就是抠门儿。生意好？骗谁呀，苍蝇都要比人多了，你没听老板私下里嘀咕，开张比不开张赔的还多，唉，可惜这么好个地方。”

听小蕊这么说，小蕾也不禁有些感怀：“是哟，可惜这么好的地方。”

她俩转过头，目光掠过“天人一”门前宽阔的停车场，穿过高大华贵的牌楼，茫茫然不知落向何处。

厨房里，大厨握着手机若有所思，旁边二厨和三厨眼巴巴地望着他。

“大哥，莫老板怎么说的？你都愣了老半天了，好歹也给我们一句话啊。”二厨忍不住问。

大厨猛地醒过神，想起今天的大事，咳嗽两声，整了整身上的厨师服，严肃地说："去告诉领班，通知各服务员待命，行动照旧，听我的号令。"

二厨、三厨对看一眼，掩饰不住一脸的兴奋，刚要走，又见大厨耷拉下眉毛，一手使劲挠着下巴上的胡碴儿，神情焦虑，似乎很是纠结。

二厨忍不住问："大哥，还有啥事？"

大厨不做声，拿眼扫了一圈厨房，牙关紧咬，腮帮子上的肉都硬了，一会儿又抬头望着被油烟熏得黑糊糊的天花板，长吁短叹，终于，他握了握拳，郑重地说："兄弟们，刚刚，俺做了一个艰难的决定。"

"什么决定？"

"俺们不能就这么便宜了那孙子，俺得给他留点念想！"

二厨、三厨面面相觑，摸不清大厨葫芦里究竟卖的什么药，大厨看看这两人稀里糊涂的模样，内心油然而生一种智商上的优越感，不耐烦地摆摆手："去吧去吧。"

二厨、三厨急忙前后脚去了，大厨慢慢挽起袖子，心中暗想：封不平，你就等着瞧吧。

没错，莫妮卡在"天人一"里发掘的内线就是这位大厨。两月前，大厨在门外抽烟，遇上这位美女，说自己开了一家大饭店，想拉他过去。

开始大厨不太乐意，自己从"天人一"开张就在这儿干了，从小工到三厨到二厨最后做到大厨，不容易啊，整个厨房都听他的，虽说手下只有二厨和三厨两个人，但大小算个领导，就这么走了？不甘心。

可后来莫妮卡许诺，过去以后还是大厨，甚至考虑任命他做厨师长，那时候听他调配的就不止两个人，而是十来个，比在"天人一"这个小饭馆可要风光多了。

再说，莫妮卡出手大方，每次见面总会塞给他一包好烟，不是软中华就是大熊猫，哪像封不平？别说好烟，工资能正常发就不错了。投桃报李，他对莫妮卡也讲义气，背地里透了不少"天人一"的底，食材以次充好、偷税漏税，地沟油倒是不用，但酒全是冒牌的……

不过似乎莫妮卡最感兴趣的，是封不平除了自己办公室以外，给所有房间都装上监控的事，大厨记得那天他说到这个，莫妮卡特别兴奋，临走还送了他一个飞吻。妈的，女人漂亮就是好，随便什么表情看着都那么舒心。

所以，大厨干脆一不做二不休，不光自己要走，还暗中发动二厨、三厨以及所有的服务员跟他一起跳槽，不说到大饭店能挣大钱，单看莫妮卡这样的美女老板，也比看封不平那样的猥琐中年男有意思。

给封不平留个什么念想呢？这事儿大厨琢磨了不是一天两天了，他从口袋里摸出一个药瓶，里面装满了白色的小药片，是他托一个在药房打工的老乡搞来的。他看着药瓶，嘴角露出一丝阴狠的笑意。

大厨翻出捣蒜臼，把药片倒进去，铆起力气开捣。没一会儿，二厨和三厨回来了。

“大哥，都妥了？咦，这是做嘛呢？”二厨凑上去瞧。

“一边去，不知道这厨房有监控呢？想把那个狗腿子招来吗？”

“放心吧，大哥，这会儿那狗腿子准在看电视，我赌一根黄瓜。”三厨说着，顺手从操作台上挑了根嫩黄瓜就啃。

大厨往地上啐了口唾沫：“呸，混吃等死的玩意儿，我看报纸上说，现在是个拼爹的时代，俺们爹拼不过，连叔都拼不过，操！”

二厨忙劝道：“大哥别生气，他那什么叔啊？全是自己上赶着抱大腿，整天跟在那孙子后面一口一个‘叔、叔’地喊，人家把他当狗使，他还真把自己当狗，这种狗腿子，我最瞧不上了，有监控又怎么地？”说着，回头伸出右手，冲着安装在屋角顶上的摄像头竖了个中指。

大厨有点烦他这套：“行了行了，到门口守着去，那狗腿子看不见，万一让谁闯进这儿就坏了。”

二厨马上看向三厨，朝厨房大门的方向歪了歪嘴。三厨很郁闷，这种时候自己的反应怎么老是慢半拍，真是听别人使唤的命。这么想着，还是老老实实地走到门边，小心又紧张地望风。

“咚咚咚、咚咚咚”，大厨把整个药瓶里的药片都倒进了捣蒜臼，都快捣出一头汗来，捣蒜臼里慢慢堆起了一堆白色的药粉。

“帮我找个空瓶子。”大厨吩咐着。

二厨在旁边一堆调料瓶里扒拉着，嘴里念叨着：“大哥，这样行吗？”

“有啥不行？许他不仁，就许我不义。”大厨见二厨扒拉半天也没找出一个空瓶子，一把推开他，自己打开柜子翻找，“我不过是给他添点作料，留个念想，提醒他以后再干缺德事的时候，能稍微想起点良心。”

“咱们这么干，是不是也有点缺……德……”三厨小声地搭腔。

大厨似乎没听见，二厨偷偷朝三厨作个抽耳光的动作，嘴里无声地骂了句笨蛋，又转头对大厨说：“那个，那个莫老板，知道你这么干吗？”

大厨找出一个空的味精瓶子，听他这么一说，把眼一瞪：“你真傻假傻？这事你不说我不说，天知地知你知我知，”顺手一指守在门口的三厨，“还有他知……”

装作一脸认真专心望风的三厨马上举手：“我不说！坚决不说！”

二厨忙赔笑脸：“我也不说，大哥，我就是担心，这万一，我是说万一啊，万一要是客人吃出了毛病呢？”

“哼哼，我就怕吃不出毛病，”大厨冷冷地说。

二、12：26　狗腿子的哲学

“天人一”除了老板封不平，最招人恨的就要数“天人一”最忠心的狗腿子——保安狗狗。

狗狗三十多岁还是光棍一条，在城里，没有姑娘会瞧上他这个从偏远农村出来，长相粗俗还特别单细胞的男人。但他自己完全意识不到这一点，内心充满了对未来娶个城里媳妇，过上老婆孩子热炕头幸福生活的憧憬，当然，能让他实现这片憧憬的就是他最尊敬、最崇拜的叔——“天人一”的老板封不平。

其实，狗狗和封不平是八杆子打不着的关系。几年前，他被人从山里骗出来打工，在建筑工地扛水泥搬砖块，到头来一分钱没挣着，还挨了一顿打，流落街头的时候，是封不平帮了他，把他招进“天人一”当上了保安。从那一天起，狗狗心里就认定了封不平这个“叔”，并发誓要一辈子做封不平的狗腿子，指哪儿打哪儿，绝无二心。

不过，当狗腿子并不是一件轻松的事，必须随时把自己当成一颗螺丝钉，哪里需要往哪里钉。所以，狗狗特别懂得给自己享受生活的机会。

这会儿，狗狗关上保安室“土”字房的门，把电视机的音量调到一个合适的高度，又给自己找了一个舒服的姿势，仰靠在椅子上，拿起遥控器左挑右选，挑中了一部武侠电影。在狗狗旁边，排着一溜监视器的屏幕，能看清“天人一”几乎每个角落的情况。这是封不平下狠心花了大本钱装置的一套现代化管理设备，目的就是为了监视那些不省心的员工偷懒，防止厨房里的厨师监守自盗。

只不过，狗狗的心思都放在那部电影上了，他全神贯注盯着电视机，这武侠电影就是他最爱看的那种，打起来花里胡哨，美女都穿得不多，坏人骂起人来特别溜，嘴里像装了弹簧似的，大侠都有盖世武功，动不动就飞天遁地，受万民景仰，简直是全人类的偶像。

不过狗狗一点都不羡慕，因为他叔封不平曾经教导他，不要羡慕那些风光的人，特别是电影电视里的，都是假的。所以他心里明白，电影里这种拉风的人物，最后肯定有个苦逼的下场，道理很简单——人们的快乐是建立在别人的痛苦之上的。

果然，原本一直威风八面的大侠，在敌阵里左冲右突杀得好不痛快，可谁料，最后关头，他华丽得像跳舞似的一剑，刺死的竟是自己的老婆。

狗狗忍不住哈哈大笑，完全没有注意监视屏的画面上，一帮女服务员躲躲闪闪，接二连三地溜进了女厕所；也没看见厨房里几个厨子鬼鬼祟祟的行动。

忠实的狗腿子狗狗不知道自己错失了一个打小报告的机会，他正笑得不可自制——电影中，大侠跑上烽火台，拔剑指天怒吼，宣泄心中的悲愤。正当此时，一道霹雳、一声惊雷、一束电光击在剑上，顺着剑身直劈而下，刚才还英俊不凡的大侠瞬间成了焦炭。

“哈哈哈哈哈……”狗狗笑得直拍大腿，这么悲催的大侠，片儿名居然叫什么《苍天有眼》!

正乐得不行，所有的屏幕瞬间黑掉。狗狗愣了，马上跳起来按下墙上的电灯开关，电灯不亮。他忍不住骂：“他娘的，又停电。”

三、12：40　老板难为

从“水”字房出来的封不平一边打电话一边朝厨房走去，他着急地说：“牛局，怎么又断我的电啊，我不是交过电费了吗……什么？那是上个月的事了……行行，今天无论如何您得把电给我供上，我这么大一个饭馆……”虽然急，封不平的话语中还是透着卑微，人在屋檐下，不得不低头，牛局他们虽然还欠着前两月的饭钱，但人家可以不来他这儿吃饭，他却必须用人家的电，“听我说，下礼拜一，欠你的钱再还不上，你可以用各种方式弄死我。”

挂掉电话，封不平心中暗骂：“这帮孙子!”开家店不容易啊，各种关系，哪一条没弄好都别想开张，这些穿着官皮的，动不动赊账打白条，他交电费也打白条行吗？还好，今天他也算是福至心灵，早早地把那张重要的光盘刻好，刚才已经收在了一个保密的地方。存在他办公室那台老旧台式电脑里的那段视频，一直是他心头的一块大石，或者不夸张地说，是悬在他头顶的一把利剑，想到那视频上的画面，他就寝食难安、坐卧不宁。

早上刻光盘时，他把那段视频重新看了一遍，又一次让他深受刺激，胃部一阵阵地痉挛。那事儿当时他处理得很隐秘，除了小蕾、小蕊和狗狗，几个事后参与了清理工作的服务员，他都私下给了“加班费”，并叮嘱她们保密，但这段视频说穿了是一把双刃剑，能保他，也能毁他。

他已经不止一次地后悔装了那套花了他不少钱的监控设备，如果不装，他就不会录到他不想看到的画面，也就不会有现在提心吊胆的日子。

不过就算没有那段视频，他苦心经营了三年多的“天人一”，也早就危机重重，难以为继。虽然他费尽心思地拆东墙补西墙，依然是捉襟见肘，心中无时不有山穷水尽的无力感。他忍不住抬眼四下看看，难道，真要把这辛苦打下的江山拱手让人？

对外人来说，“天人一”是个招牌响亮的饭馆，对他封不平来说却是一方小小戏台、一个浓缩的社会、一个黑暗的名利场，更是他赤手空拳打出来的天下。这世界上，是人就要吃饭，吃饭就会产生关系，有关系就有“局”，“天人一”里那大大小小的包间，在他眼中就是一个个的“局”。

最喜庆的是结婚贺喜的“婚礼局”，这种局最温馨感人，别管以后日子过得多不如意，至少这一刻，爱情、亲情都显得那么真实可贵。偶尔也有婚礼现场遭遇抢婚，新娘子跟人跑了的滑稽戏，但生活毕竟不是影视剧，没有那么多的传奇。

最普通的是同学聚会的“同学局”，对这种局封不平其实有几分不屑，虽说都是曾一起长大的老友，也曾一起挥斥方遒、指点江山过，但这么多年过去，这个“局”存在的意义也几乎变成了比谁最风光、谁更苦逼的聚会，至于老情人鸳梦重温这样的戏码，只是附加的福利。

最让他害怕的……不，这个不能想，还是想想最让他高兴，也是他最看重的“高端饭局”。这也是封不平赖以发家的秘密手段。

说是秘密，其实只是大家心照不宣罢了。封不平通过谭大师这样的中介，靠给做生意的大老板和手握实权的大人物牵线搭桥安排“高端”饭局，从中谋利。不管是生意人还是掌权者，其实都一样：实际。时间宝贵，无利可谋绝不会随便赴宴。他看过太多衣冠楚楚的生意人，在饭局上对当权者极尽溜须拍马的丑态，但他完全理解，他自己就是生意人，看到他们也就是看到了自己，何必物伤其类？

只是，现在风向变了，一系列的反腐运动把常来他这里光顾的几位重要客人都打进了局子，剩下的那些，人人自危，关乎身家性命的重要关口，谁还惦记着那一两顿饭？正所谓城门失火殃及池鱼，封不平觉得自己就是那池里的鱼，水都要烧干了，他还在池底下做无谓的挣扎。

封不平一边想着心事，一边向厨房走去，一眼瞄到在门口望风的三厨慌张地缩进了厨房。

“来了！来了！”三厨慌张地向大厨通报。

大厨和二厨都是一惊，二厨脚下一软，扶着操作台才勉强站稳。大厨倒是很快镇定下来，低声训斥：“慌什么？还怕他不来呢。”说着，把已经灌满药粉的味精瓶推进了那堆备用的调料瓶里。

眨眼工夫，封不平走了进来，他突然觉得异样，平常这时候，厨房里总是响着各种洗菜、切菜、碗盘叮当、大厨大声训斥人的声音，今天，太安静了，安静得不正常。

天花板的电灯闪了闪，电来了，原本昏暗的厨房一下子亮堂了。再看三个厨子，神情各异，就是不跟他对视。封不平想到刚才三厨的慌张，警觉地问：“你们……怎么鬼鬼祟祟的？”

三个厨子不吭声，大厨两手抱胸，满不在乎地抖着脚；二厨眼睛滴溜溜乱转，时而望天，时而看地，不知道他到底在看什么；三厨缩着肩膀，低着头，尽管强作镇定，还是掩不住一脸的慌张。封不平的目光从他们脸上一一滑过，心里在暗暗琢磨：这仨肯定有鬼，他妈的今天这是什么日子，大下午的就不顺。

“你们不准备炒菜，在干什么？”

像是终于等到了这句话，大厨一挺腰板，亮开嗓子一声喊：“俺们今儿啊，不炒菜，炒你！”话一出口，仿佛是平地一声雷，部队吹响了集结号，原本躲在厕所里的十来个女服务员们一拥而入，约好似的默默站到厨子们后面，黑压压一片。

喊声也惊动了在门口赶苍蝇的小蕾和小蕊，她俩顾不得脚下穿着 8 公分高的高跟鞋，一路小跑着进来，扒着门框一看，被门里这阵势给吓住了。

封不平神色如常，心里却像压下块石头：奶奶的，看样子早有预谋啊，大意了、大意了，只防着外患，没想到这帮孙子要先从里面拆我的台！

众人和封不平，你看我我看你，谁都不说话。

封不平默默地扫视一圈，这才说："干什么？你们这是干什么？演戏啊？"话音里竟似带着笑意，就像在看一场匆匆出演的喜剧，带着些幸灾乐祸的味道。

大厨没想到封不平会是这种反应，一时有些懵，他回头看了看身后这十多个人，她们全都眼巴巴看着他，等他发号施令。

大厨心中涌上无比的自豪感，此刻他似乎不再是穿着油腻腻工作服的厨师，而俨然成了统率三军的大将军，他伸手把身上的厨师服脱下来，往操作台上一摔，喊道："俺们就是要告诉你，俺们今儿个，不干了！"

"不干了！不干了！"女服务员们立刻高声响应。

喊声在厨房里激起"嗡嗡"的回声，像一波波功力强大的咒语直冲封不平的耳膜，这阵仗，一下子把封不平给震慑住了——乖乖，还有这一手？他像是被念动紧箍咒的孙猴子，纵有一身本事，此刻也只剩脑仁疼。

封不平不动声色，慢慢地踱着步，眼光从这些人面前一一扫过。真可气啊，平时瞧不上眼的二厨和三厨，居然也一副狐假虎威小人得志的模样，站在大厨身边，一副同仇敌忾、誓把他这个"反动势力"斗倒的架势。

最可恨的是大厨，他可是自己一手培养、提拔起来的，当初看他手艺不错，人又老实，在他身上没少费工夫，没想到竟是一只白眼狼。不过，就算三个厨子要造反，这帮女服务员又是吃错什么药了？除了端个盘子扫扫地，一没技术二没门路，也敢跟着闹？

想到这儿，封不平盯住领班，阴阴地问："你们想好了？如今的工作可不好找。"

"得了吧，大厨都走了你这饭馆还不得完？实话跟你说吧，这次是有人拿大价钱请我们去，人家是大老板，开大饭店，跟人家一比，你这儿简直就是农家乐！"领班轻蔑地昂着头，像要用鼻孔表达对封不平的鄙视。

“就是！就是！”女服务们又一次齐声高喊。

“什么？”封不平这下是真的慌了，居然有人挖墙脚挖到他头上来了，而他居然一点风声都没听到！到底是谁，手段这么高明？“你们都要走？你们都走了我咋办？”

“您老不发工资，俺们咋办？”大厨一针见血戳中封不平的死穴。

封不平指着大厨，手指头直哆嗦，半天说不出一个字。

大厨不拿正眼瞧他，继续说：“俺们现在当面正式通知你，没有偷偷摸摸卷了你的家当走人，已经很对得起你，算是仁至义尽了。”

“你……你竟然对我这么说话！”封不平差点吐出一口血来，“亏我当初那么信任你，器重你，提拔你……”一口气堵在胸口，封不平半天说不出话，脸都憋红了，众人惊惧地看着他，终于听他挤出一句，“真是瞎了我的一双狗眼！”

众人长舒一口气，齐声：“嘁——”

大厨一脸不屑，又回头看看自己的支持者，支持者们坚定的眼神让他胸中豪情激荡，越发觉得自己这一手干得正确、干得漂亮。他转过头对封不平语重心长地说：“临行前送你几句话，祝您财源绝断，生意完蛋。”

“欠钱不还，全家死完！”

妈的，这帮人肯定排练过，不然不可能喊得这么声若洪钟整齐如一，简直比直接扇他几个大嘴巴还要狠！

大厨迈步从他身边走出去，二厨急忙跟上，和封不平擦身而过的时候，还不忘凑到他耳边留一句临别赠言：“下辈子再见吧！”

封不平被噎得目瞪口呆，众人像潮水一样涌进来，又如潮水一样地流了出去，只剩下他，哦，不，还有几滴小水珠留了下来。封不平满含希望地看去，又失望地叹口气。留下来的，是小蕾和小蕊。

“你们俩不走？”

小蕾和小蕊互相看一眼，齐声说：“誓与‘天人一’共存亡！”

不知什么时候躲在门外的狗狗也探头进来，谄媚地笑着：“还有我呢，叔！”

封不平看着这三人，一个保安，两个迎宾，上不了灶台拿不了炒勺，有他们不多，没他们不少，顿觉一肚子气没地方撒，九转回肠，最后只能叹口气：“唉，该走的不走。留下的净是混饭吃的！”

三人闻言，郁闷得不行，彼此对看一眼，悻悻走了。封不平孤独地站在厨房里，耳里隐隐听到三人在互相埋怨。

“有人来挖人这么大事你都没听说？”这是小蕾。

“我上哪儿听说去？你不也没听说吗？这帮人，太不够意思了。”这是小蕊。

“这能怨谁？要怨就怨你们自己人缘不好。”这是狗狗。

“你好？人家也没告诉你啊？”

“就是、就是，你也跟我们一样，是被抛弃的。”

“不，就是拿再多钱来挖我我也不走，我狗狗誓要做我叔的狗腿子。”

封老板忍不住轻叹一声，自己如此劳心劳力，苦苦支撑着“天人一”，时时提心吊胆担心得罪了哪路“神仙”，却没想到阴沟里翻船，有人把手伸到自己口袋里了居然都没发现。刚炒了他的那帮人，理由多么地充分，态度多么地坚决，抛弃他如同抛弃一双破袜子。如今他的生意遇上了坎儿，资金周转不灵，扣着工资不发不是很平常的事吗？这就要跟他翻脸？他又不求这帮人能共渡难关，只是没想到，墙倒众人推，人家说走就走，姿态潇洒，真是“挥一挥衣袖，不带走一棵白菜”。

怎么办？封不平站在空旷的厨房里，背影透出一股莫名的凄凉，他拿出手机，犹豫了一阵，终于还是拨出了那个号码。

“……喂，谭大师……”

四、13：00　生财之道

在主办方准备的豪华休息室里，谭大师正对着梳妆镜细细地描眉，长期的锻炼，已经让他对这一套技术非常地娴熟。

旁边桌上，放着谭大师按了免提的手机，手机里传来封不平的声音：“大师，最近真是太不顺了，生意是越来越差……”

落地的穿衣镜中照出谭大师装饰完毕的身影。他头上戴了专门定制的发套，看上去一下子年轻了至少十岁，脸上仔细地上过妆，扑了层蜜粉，脸色显得红润而富有光泽，可能是戴上了眼镜的关系，连眼袋似乎也不那么明显了。

“今天那帮员工还集体走人，说有人来挖他们，这事儿我真是一点风声都没收到……”

谭大师没有答话，凑近镜子仔细检查牙齿，这一口假牙他可是花了大价钱做的，看上去整齐、自然，去做个牙膏广告也没有问题。

“最近连结婚的订单都少得出奇，我现在欠债就不说了，还天天停水、停电……”

谭大师犹自照着镜子，退后一步，慢慢地往脖子上挂上一串佛珠，搭配身上这套定做的唐装显得特别和谐、庄重、深沉。

“您老最近也不来坐坐，帮我开解开解，唉，其实这些都不算什么，最糟糕的是最近还惹上一件麻烦事……”

“什么麻烦事？”

“这个……一两句话也说不清楚，您还是亲自来一趟吧，您是大师，您得帮帮我。”

谭大师对着镜中的自己左右看了看，似乎还缺少点什么，想了想，回身拿起手机旁的一把折扇，打开，慢悠悠地扇了扇，这才露出满意的微笑。

“大师……大师?”

“封老板，你们天人一的风水我是看过的，没有问题，放心吧，今天你就会迎来巨大的转机。晚上我有几个重要的客人，你帮我准备准备，我给他们组个饭局，你必能转危为安，力挽狂澜！但是，从今天开始我们的合作要换一下条件，一餐一结账，并且，我要多提八个点，就是说，我每攒一个饭局你给我的提成从百分之十二提到百分之二十。”

不等封不平答话，谭大师把电话挂了。早上没打那个电话果然是明智之举，这不，机会不是自己送上门了吗?谭大师早就有了涨价的想法，只是一直找不到机会，他也知道最近风声紧，组局的人头少，突然提涨价担心封不平不答应反而坏了这桩生意，虽然他一直认为是“天人一”有求于他，但毕竟是一项收入，人何必跟钱过不去呢?

出来混得久了，谭大师总结了一条最重要的经验：沉得住气，成得了事。

“笃笃笃”的敲门声响了三下，门外传来助理的声音：“大师，准备好了吗?发布会马上开始了。”

谭大师再次仔细端详了镜中的自己，慢慢开口：“知道了。”

他慢慢走向房门，一步步都透出沉稳、自信、从容。

门外，助理满脸含笑地恭候着，奉承地说：“大师，等会儿看到会场您肯定会激动的，您的粉丝来了好多好多，她们都好热情好热情!”

谭大师微微一笑，顺手把手机交到助理手上：“淡定，记住我说的话，威武不屈，荣辱不惊。”

助理忙点头：“是是是，大师境界高远，我还要好好学习。”

两人顺着走廊往会场走，远远的，就听见会场里传来喧闹的音乐声。

“大师，您听听?这才是你大师的排场啊。”

“唉，太破费了，太张扬了。”

“不，不，大师您太低调了，有时候，粉丝们也需要一个向您表达崇敬之情的机会嘛。”说着，已经走到会场入口，助理掀开遮住入口的幕布一角，谭大师眼睛一亮，他看见舞台上一群穿着热辣的美女正跳着大腿舞，那一片翻飞的雪白让谭大师瞬间忘了身在何处，只顾贪婪地把美色收进眼底。

“砰、啪”两声脆响，舞台上空，礼花、彩带四散，舞台两边喷出干冰，整个会场顿时沸腾起来。粉丝们齐声高呼着“谭大师”，尖叫声、音乐声震耳欲聋。

主持人迈着矫健的步伐走到舞台中间，用洪亮的嗓音宣布：“下面，让我们以最热烈的掌声、尖叫声，有请我国最有影响力的国学、成功学、风水学三栖大师——谭大山先生闪亮登场！”

幕布拉开，谭大师轻摇折扇，在粉丝们疯狂地尖叫声中，面含微笑，深情款款地走到舞台中央，站定，好好地享受一会儿粉丝们的崇拜。他缓缓举起手，竖起一根手指放在嘴边，尖叫声戛然而止。

谭大师满意地轻轻摇了摇折扇：“我……爱你们！”

“啊！”台下的粉丝们又是一片沸腾，荧光棒、电子屏一通挥舞。

谭大师再一次举起手指：“很多人问我，幸福是什么？我认为——”

台下的粉丝齐声高喊：“幸福与贫富无关，与内心相连！”

谭大师赞许地微笑，粉丝们彻底地疯狂了，不停地尖叫、欢呼、痛哭……

站在舞台一侧的助理为台上的这一幕深深地感动：“大师，您太厉害了，太让人崇拜了！”

第三章

一、13：20　第一位客人

西山下山的路上，大厨一行人扛着铺盖卷意气风发地往山下走去，人人脸上都带着自豪的笑容，在阳光照耀下，张张面孔都像闪着胜利的光芒。

寂静的山路上远远传来汽车的轰鸣声，很快，一辆面包车拐过山路转角，带着一屁股黑烟向他们开来。众人赶紧让到路边，面包车尽管开得有些歪歪扭扭，速度却是很快，一转眼就从他们身边开了过去，在飞扬的尘土中，只看清了车身上斑驳的“老虾米海鲜”几个字。

二厨朝着面包车开去的方向连连吐了好几口唾沫，转头对大厨说：“这傻逼还给那孙子送货呢。”

大厨正色说：“什么傻逼傻逼的？这也是个老实人，不过，等着瞧，兔子逼急了也咬人。”

说完招呼一声大家又继续朝山下前进。

那边，夏有米开着面包车一路狂飙，转眼就到了“天人一”的停车场。

“吱溜——”一声急刹车，夏有米跳下车，手里攥着那把大铁锤。他一脸通红，怒气冲冲地拎着大锤就朝大门外摆放的灯箱走去。

这个灯箱可算是封不平的得意之作，足有两米多高，上面绘有五色云霞、龙凤呈祥的图案，衬以五色灯柱，白天倒不出奇，等到晚上灯光透出来，“天人一"那三个龙飞凤舞的大字在灯光映衬下，金光闪闪，哪怕在对面山上也能看得清清楚楚。

夏有米借着酒劲杀上了"天人一"，但他本性老实，带了凶器也不敢真的往大件上招呼，一路上都在想往哪儿下手，最后决定，砸灯箱。灯箱是"天人一"另一块招牌，砸不到那块匾额就砸它！

"咣、咣、咣"三锤下去，两米多高、华美闪耀的灯箱顿时解了体，一时木片横飞，火花四溅。

声响惊动了靠着前台桌子休息的小蕾和小蕊，她俩急慌慌跑出来，看到平时说话轻言细语，永远唯唯诺诺的老虾米，居然疯狂地抡起大锤在砸灯箱，吓得同声尖叫起来："快来人啊！有人砸灯箱啊！救命啊！"

听到喊声，正在办公室里发愣的封不平猛地一惊，冲到窗口一看，顿时火冒三丈，妈的，今儿这是走什么背字儿！

他大喊一声："狗狗！"转身就冲出屋去。

狗狗刚才正打瞌睡，被小蕾和小蕊的喊声惊醒，慌忙扫了一眼监视屏，才发现灯箱给人砸了，这可把他吓坏了，这是他失职啊！正慌神，听到封不平的一声喊，立刻跳起来就往外跑，这是他戴罪立功的好机会。

夏有米砸得累了，用大锤拄着地，呼呼地喘气。

"好你个老虾米！"

夏有米一转脸，看见急红了眼的封不平向自己冲过来，顿时又来了劲，奋起一把力抡起大锤把剩下的半截灯箱也砸塌了。

"老虾米，你疯了！敢砸我的牌子，我跟你拼了！"封不平大喊着扑上去，把夏有米连人带锤扑倒在地。夏有米丢了大锤，顺手揪住封不平的衣领，两人跟小孩似的扭打成一团。

狗狗急得在旁边直转圈，一口一个"叔、叔"地喊，就是插不上手。小蕾和小蕊反应倒快，马上在旁边呐喊助威："老板加油！老板威武！老板你是最棒的！"

封不平和夏有米抱在一处，在地上翻来滚去，封不平比夏有米高大，夏有米比封不平有力气，一时间谁也讨不了好，谁也制不住谁，只蹭了一头一身的土。

这一会儿，夏有米终于成功地把封不平压在底下，举拳要打，被一旁好不容易等到机会的狗狗一把抓住胳膊，顺势就拎了起来。夏有米还没反应过来，已经被狗狗长期在农村打架练出来的摔跤功夫给放倒了。

封不平喘着粗气：“你……你小子……居然喝、喝酒了……”

夏有米翻身爬起来，把大锤抓在手里，转身奔着封不平停在旁边的丰田车去了。

封不平一见吓坏了，麻溜儿地爬起来，追上去，嘴里喊：“老虾米，别耍酒疯，砸坏了你可赔不起！”一边喊着，一边脚下使劲，三两步窜到夏有米前面，“噌”一下爬到车前盖上，两手一张，躺成个“大”字。

夏有米愣了。

“来、来，有种砸我！”

夏有米怒视着封不平，封不平也怒视着他，像两头斗急眼的公牛，谁要往两人中间放张纸，准得烧起来。

夏有米一咬牙，举起大锤……

“啊！”小蕾和小蕊吓得捂住眼睛。

封不平被叫声一吓，眼看着夏有米手起锤落，心里哀号一声“我命休矣”，两眼一闭，就听“咚”一声……

身上不疼，锤也没落在车上，封不平慢慢睁开眼，只见夏有米已经转身朝饭馆里走去，那把大锤扔在地上，砸出一个土坑。

“老虾米、老虾米！”封不平赶紧翻下车追上去，“你这到底玩的哪一出？”

“还钱。”夏有米气冲冲地往饭馆里走。

“就为这个？唉，我就是这几天手头紧，咱哥俩从小长大的交情，就为几斤海鲜钱你就跟我翻脸，还想砸店？”

“几斤？”夏有米忍不住抬高了声音，“你自己说，你开业多长时间了？”

封不平手指捻来捻去算了算，伸出三根手指："三年半。"

"我给你供了多长时间的货？"

"三年半。"

"你有多长时间没付账了？"

"不也才三……三年半吗？"

夏有米正抬脚迈门槛，听了封不平的回答脚下一打绊，差点摔倒，他瞪着封不平，恨恨地说："不要脸，你还能再不要脸一点儿吗？"

封不平倒笑了："咱哥俩要扯这些就没意思了吧……"

夏有米决定沉默，要嘴皮子那是封不平的强项，不是他的，他径直走进"火"字房，像进了自己家一样，端茶倒水，拿遥控器开电视机。

封不平也给自己倒了一杯水，一边还是笑嘻嘻地说："你说，就咱俩这交情，你至于吗？有什么不好说的，得抡大锤？再说，我也不是没给过你钱，上礼拜你跑来把我堵厕所里，我当时说什么了？不是立马掏钱了吗？五百五还是五百六来着？……当然了，钱是不多，可那是个心意。"

他这边念叨着，夏有米手捧茶杯，扯过一张条凳横在房门口，翘起二郎腿往上面一坐，冲封不平微微一笑："别废话，你今儿个不还钱，就甭想出这门！"

封不平脸上的笑容僵住了。这是"天人一"今天第一位来客，居然是个要账的。一来就上演了砸灯箱的大戏不说，还玩了一手软禁，封不平瞪着这个平时三棍子打不出个屁的发小，一贯能说会道的嘴巴竟然失语了。

二、13:30　有人要倒霉

"天人一"前大厨一行人借着炒了老板的那股冲动劲儿兴冲冲走出去几里地后，开始意识到光靠这双脚走去新岗位，似乎不是个办法。

领班赶上大厨："大哥，姐妹们都在喊累了，怎么办？"

大厨回头一看，那帮女服务们扛着铺盖卷，一个个磨磨蹭蹭、拖拖拉拉，照这速度，天黑前都别想下山。这个情况是他始料未及的，刚出“天人一”的时候他觉得胸中豪情万丈，干劲十足，一定要大步向前进才能显出自己潇洒的英雄气概，结果只顾着自己走个高兴，却忘了自己拉出来的这支队伍是支娘子军。

大厨心中暗骂：平时逛街逛三五个小时都不喊累，这才走多一会儿就累了？哼，等到了莫老板的店，俺得跟她说，这帮娘们儿要好好锻炼锻炼才行。

二厨凑上来出主意：“这山上的公交车两小时一趟，够难等的，要不然，打电话叫莫老板派个车来接咱们？”

这个主意马上得到了众人的响应，大厨倒是比较迟疑：“这个，说好是俺们自己去……”

女服务员们不乐意了：“这得走到什么时候啊？”

“就是啊，她那大饭店在市区里呢，我们就是走到山下再坐车，得什么时候才能到啊？”

众人纷纷附和，大厨也动摇了，摸出手机，拨了号码。

“莫老板，是俺啊，俺们已经炒了那孙子，出了天人一了。”大厨激动地汇报。

手机里传来莫妮卡性感地声音：“真的吗？那太好了，我就知道没看错你，你真是我的勇士啊。”

大厨嘿嘿地傻笑着：“那啥，莫老板，想跟您商量个事儿，俺们这儿离市区挺远，您方便的话，能不能派个车接一接？”

“哦……要我派车去接啊？”

“对对对，主要是这破地儿坐车不方便，俺们也是想早点投身到新的工作中去，我们人不多，就 20 来个，一辆中巴车就能坐下。”

“好的呀，确定你们的人都走完了吗？”

“就留了两个迎宾和一个保安，没啥用处……哎，俺们已经在半山腰这儿了……要不俺们再往下走走？”

"对呀，我这边派车也省得往山上开远了，要是让你的前老板看到了，也不太好，对吧？"莫妮卡轻笑两声。

大厨立刻被笑声逗弄得骨头都酥了，马上连声答应。

"兄弟们，姐妹们，都听到了吧？莫老板说派车来接，只是要俺们再往下走一段，不然让那孙子看到恐怕要去找莫老板的麻烦，那咱就打起精神，继续前进！"

大家听到派车，似乎又看到了希望，于是又强打精神向山下去了。

大厨并不知道在打完这个电话后，他就已经完完全全成了一枚弃子。

莫妮卡关掉专门用来和大厨联系的手机，拔了电话卡，扔进了垃圾箱里。大厨已经没有了利用价值，没有利用价值的人和物她一向都是毫不留情地抛弃。她拿出另一部手机，拨号，一阵彩铃声后，封不平惊喜的声音传来："你好，莫妮卡小姐，这几天我一直等你的电话……"

"那真是让封老板担心了，这几天我有些别的事情给耽误了，现在正在去天人一的路上……"她一边说，一边上了一辆崭新的跑车。

"哎呀，那太好了，太好了，你已经决定了？"

"是的呀，合同我都准备好了，今天我们就签意向付订金……OK，我马上就到，See you later！"莫妮卡挂了电话，摆弄了一下后视镜，此时的她已经换了一件性感的连身裙，脸上的妆容无可挑剔，她看看放在副驾座上，在阳光下闪着亮光的银色金属密码箱，神秘地一笑，从挎包里摸出墨镜来戴上，启动车子开出小区，很快就汇入滚滚车流中。

"火"字房中，封不平从屏风后面转出来，掩饰不住一脸的兴奋，全然忘了刚才夏有米挡住门口不让他出去接电话的事，大力一拍夏有米的肩膀："老虾米，你真是我的福星！你等着，马上就有好事儿啦！"

夏有米嫌他挡住电视，不耐烦地把他推开，正眼都不瞧他，专心盯着电视。

受了冷落也没影响封不平的好心情，他也好奇地看向电视，电视机里正放映着谭大师新书发布会的画面。台上的谭大师轻摇折扇，面带慈悲的微笑，从容地说:“幸福与贫富无关,与内心相连……”台下,粉丝们发出如雷鸣般的掌声、欢呼声,女粉丝激动得直抹眼泪!

这热闹的一幕引起了封不平的兴趣,他扯过一把椅子坐下,津津有味地看起来。

“哎,这人我认识。”

“谁呀?”

“谭大师。”

“贼,电视上都讲了。”

“我真认识。”

“我管你认不认识,还钱。”

“看电视,看电视。”

三、14:22 谁在恶作剧

市区繁忙的十字路口,南来北往的车辆正按着红绿灯的指挥,有条不紊地奔向各自的目的地。突然,一阵刹车声、喇叭声刺耳地响成一片,只见刚转成红灯的那个路口冲出一辆超长的豪华越野车,像失控的钢铁怪兽,咆哮着从两侧车流的缝隙中冲了过去。

一阵兵荒马乱之后,十字路口彻底堵上了,而那个罪魁祸首却早已呼啸着远去。

“哈哈哈哈……爽不爽?车就得这么开才带劲儿!”越野车里,伴着喧腾的乡村摇滚乐,一身各种名牌混搭装扮的蔡哥得意地叫嚣。

脸色发白的谭大师迅速地给自己扣上安全带,定了定神,他很不高兴地说:“你开的是车,不是飞机,更不是高铁。”

蔡哥却无所谓:“我这车怎么样?刚提的,我还想……”说着就回头指着车后厢,“在后面加个游泳池。”

前面的来车狂按喇叭急打方向盘避了开去，谭大师急忙喊："看前面！哎哟，小蔡啊，你这样我很担心的呀。"

"嘿嘿，放心啦，我这车，谁也撞不了，再说，谁敢啊？赔不起啊。"

谭大师严肃地说："小蔡，今天让你来接我，你是要跟我去办事，还是要跟我炫富？你这样我很惆怅呀，我不止一次地跟你说，幸福与贫富无关，与内心相连。"

"当然是办事啊，我就是想说，咱不缺钱，我那矿井只要一冒烟，板儿定每天有几十万进账，你看这个……"蔡哥抖抖右手腕，露出拇指粗的金链子，"纯金的！你再看这个……"他伸出左手在谭大师面前晃了晃，一枚"鸽子蛋"大的钻石戒指华丽丽地闪花了谭大师的眼睛，"5 克拉的！你再看这个……"

"行行，我知道了，我知道了。"

谭大师极力压抑着心里的反感，在他眼里，蔡哥这种土大款，除了有钱，毫无优点，不过反过来说，只要有钱，谁还在乎他的缺点？

蔡哥驾车在车流中横冲直撞，如入无人之境，谭大师绷着脸，死命抓着坐椅。

"别担心，您老人家的话我都是记在心里的，什么钱财乃身外之物，生活要低碳绿色，我都记着呢！这不，我果断响应你的号召，改穿一次性纸内裤了，一买五百条，清一色的 LV。"

谭大师不禁露出痛苦的神色，想说什么，终究忍住，闭上了眼睛。

越野车拐了个弯，向郊外驶去。

蔡哥喋喋不休："真的，钱对我来说不是个事儿，在我眼里那就是一张张纸，什么东西贵咱买什么，不心疼，钱捏在手里是死的，花出去才是活的，我这也是促进消费，为咱们国家的 GDP 作贡献……

"咱兜里有钱，走哪儿都不心虚，看我这鞋，阿你妈的……"

"是阿玛尼。"

"这不一样吗？不是跟你吹，咱家里，马桶都是黄花梨的，听说有他妈香港富商用黄金的，我嫌那个太俗气，再说也凉屁股……”

“够了！”谭大师终于忍无可忍，睁开眼睛忿忿地说，“你知道你最大的问题是啥不？是你的气质有点偏俗气！”

“操，我他妈穿成这样了，还俗？”

谭大师痛苦得直摇头：“听听，你这满嘴粗口！有钱也要用对地方，你要主动提升自己的文化素质，培养自己的谈吐，不然跟上流社会你连话都搭不上……把这个关了。”

说着，谭大师直接关掉了刺耳的摇滚乐，从包里掏出一张CD：“你需要用有内涵的高雅音乐来熏陶熏陶，我现在就给你放一曲唯美而伤感的天籁之音。”

插好CD，按下开关，谭大师闭上眼，神情惬意地靠在椅背上，一阵轻快的乐声响起，不一会儿，一个男声唱道：“亲爱的，你慢慢飞……”

歌声在车厢里飘荡，越野车沿着郊区的公路疾驶而过，拐上一条山路，顺着盘山道向山上开去。

“我和你缠缠绵绵翩翩飞，飞越这红尘永相随……”蔡哥和谭大师陶醉地跟着音乐唱着，谁也没注意到车前影影绰绰地闪过一个人影，只听“砰”的一声，越野车飞快地撞了上去，那人影斜斜地飞了出去，直接掉下了公路边的山崖！

蔡哥猛踩刹车，越野车发出尖利的啸叫声停下。他惊恐地转头看看谭大师，发现谭大师也一脸惊恐地看着他，好一阵，谭大师才做了一个开车门的手势。蔡哥慌慌张张打开车门，两人前后脚下了车。

“是掉下去了吗？”谭大师紧张地问。

蔡哥也惨白着一张脸，不敢说话。两人小心翼翼地接近山崖边，朝下面探头一看，不由倒吸一口凉气——大概十几米的山坡下，一动不动地趴着一个人！

蔡哥傻了：“这可咋办？”

谭大师一推他：“别愣着了，赶紧下去看看。”

好在山坡坡度还算平缓，蔡哥和谭大师两人顺着山坡，战战兢兢一步一滑地向下移动。

在山道上，有一辆崭新的豪华越野车孤独地停在那儿，车厢里的歌声还在继续响着：“亲爱的，你慢慢飞，小心前面带刺的玫瑰……”

山坡下，蔡哥和谭大师已经接近了趴着的那个人，两人同时伸出手，一人抓了那人一只胳膊，却诧异地停住，互相看了一眼——手感不对。

蔡哥反应快，立马把那人翻过来，顿时傻了眼，这哪是什么人，只是一个套着衣服的塑胶人偶！

蔡哥一把丢开：“奶奶的，这是怎么回事？”

谭大师神情严肃，捻动手指一番掐算：“恶作剧。”

“啥……不好，我的车！”

两人急忙朝山坡上跑，下山容易上山难，虽然是个缓坡，等爬上来，两人已经累得气喘吁吁，还好，越野车还停在原地，两人四处看看，也没发现什么异常，这就怪了，谁这么无聊搞这种恶作剧？

正在两人摸不着头脑时，谭大师的手机响了，一看来电显示，他赶紧接了起来：“大老总！您好、您好……好、好，我马上到。”

“大老总电话？走走，接他去，正好让他看看我这新车。”蔡哥瞬间就忘了刚才那莫名其妙的“撞人事件”，兴奋地说。

谭大师却沉下脸：“胡闹！大老总德高望重，不熟的人托他办事他根本不理，哪能像你这么冒失。再说，你这车也太招摇了，大老总是个低调的人，你这不是找不待见吗？还是我打车去接他，你直接去饭馆等我们吧。”

“哪家饭馆？”

“天人一……哎，我说，你这是把我拉到哪儿了？”谭大师举目四望，全是陌生的景物。

蔡哥也糊涂了：“哟，这哪儿啊？我光顾着兜风，没注意看路啊。”

“算了，你先把我送下山，找个好打车的地方把我放下，记住，直接去天人一，别误了事。”

蔡哥一边上车，一边表示不解："怎么老去天人一，那儿菜好吃吗?"

谭大师再一次严肃地说："小蔡呀，我不止一次地跟你说过……"

"对对对，饭局不在于吃，在于气场，天人一有气场。"

蔡哥刚要系安全带，发现车载电脑显示屏上提示后备厢没关严，此时谭大师的手机又响了，蔡哥示意他自己下车去看看，谭大师点点头。

蔡哥下车，走到车尾，随手掀开后备厢，正要往里看，就听谭大师喊他，一抬头，谭大师正把头伸出车窗，冲他晃了晃手机。

"快点，大老总又来电话催了。"

蔡哥急忙放下后备厢的盖子，重重地压了一压，迅速地上车，把越野车掉头。

谭大师嘱咐着："小蔡，那道极品至尊皇家萝卜王一定要点哦。"

"啥玩意儿?"

"极品至尊皇家萝卜王。"

"得，记住了。"

越野车朝着山下疾驶而去。

四、15：00　可怕的见面礼

老梅办完了退休手续提前下班了。他拎着用了二十多年的公事包，在警局门口来回溜达，右腿虽然一瘸一瘸地，但神情威严，身形笔直，进进出出的警员还不时地向他点头招呼，倒颇有点大领导视察的意思。

小柯远远地开着车驶来，看见这一幕，忍不住对旁边拿着手机噘嘴自拍的小梅说："呦，你爸真是瘸的……啊!"

小梅收回掐他大腿的手："你还结巴磕子呢。"

小柯忙赔着笑："我我我不是紧张吗?"

小梅被老梅娇惯着长大，20 多岁了，还像小孩子一样的单纯，爱打电动、爱玩手机、爱自拍，平时从来没为任何事操过心，直到遇上小柯。小柯长得帅气，就是没钱，但小梅不在乎，她认为，能被金钱左右的爱情就不是真爱，只是，以小柯的条件，能不能过老梅那一关就难说了。

不过，小梅认定的事，老梅不同意也得同意，谁叫他养了她这样的女儿呢？

"你要放机灵点，眼睛里要有事儿，比如看到我爸茶杯空了，你就赶紧地添水，要是我爸想抽烟，你就赶紧地递火，懂了吗？最最最最重要的，是你在我爸面前必须有礼貌，我爸最不喜欢不尊重老人的年轻人了。"

临来之前，小梅这样叮嘱小柯，现在真的见到老梅，小柯那颗本来就紧张的心跳得更加厉害了。

"停这儿吧。"小梅吩咐。

车在距老梅不远的地方停下。

老梅也停下，朝这边看过来，脸上看不出丝毫表情，让人难以捉摸他此时到底是什么样的情绪。

小梅和小柯下了车，在老梅辨不清喜怒的目光注视下，他俩都不由得感到紧张，毕恭毕敬走到老梅跟前。

"爸，他就是小柯。这是我爸。"

老梅眼中突然闪过一道精光，死死地盯着小柯，上下打量，审视的目光像一张密实的网，罩得小柯呼吸都显得急促起来。

小梅暗中拉了拉小柯的衣袖，小柯想起来之前小梅的教诲，挺直了腰板，恭恭敬敬地说："叔……叔……叔叔好。"

简短三个字，小柯说得出了一层汗，恨不得把自己舌头给吞了。结巴的人有个通病，不能紧张，越紧张越磕巴，越磕巴越紧张，可怕的循环。

"你这辆车是跟朋友借的！"

小柯一惊，这是老梅见到他说的第一句话，不是疑问句，是肯定句，要命的是，他对了！

"这身西装也是！这双皮鞋是自己的，鳄鱼的，不过，穿了还不到三天，新买的?”

小柯眼睛都要直了，老梅问了他问题，可他自己已经给出了答案，该死的，他又对了!

老梅把小柯惊骇的表现都看在眼里，冷冷一笑:“你兜里那五千块钱早上刚在提款机提的吧?”

小柯下意识地捂紧了鼓鼓囊囊的衣兜。

老梅从鼻腔里发出一声冷哼:“想请我吃饭可以，非得在天人一那么高档的地方?在酒吧唱歌一个月能挣多少钱?年纪轻轻，这么虚荣!”

一直没做声的小梅看不下去了，一拉老梅的手，嗔怪地摇了摇:“爸!”

老梅甩脱她，走到车子跟前仔细地观察。

小柯低下头悄声问:“你爸怎么跟审审审审犯人一样?太太太太太可怕了。”

“干了一辈子刑警，职业病。他还没送你见面礼呢。”小梅语气中带着自己都没有觉察的骄傲。

“嗯?”

老梅拖着那条瘸腿又晃悠了回来，停在小柯面前，小柯惊讶地发现，老梅居然在对他微笑。

老梅微笑着朝小柯伸出右手:“来，剪刀石头布!”

“啊?”

小梅无奈地叹口气:“见面礼来了。”说着拍拍小柯的背，“让你见识见识我老爸强大的心理攻势。”

“无论多么穷凶极恶的罪犯，在我面前只有崩溃。年轻人，你可怜的小脑袋瓜里不管想什么，我一眼就能看穿!”老梅依然面带微笑，小柯却觉得如堕冰窖，打骨子里冒寒气。

老梅伸出的右手在小柯面前坚定地挥了挥，小柯也只得颤抖着伸出右手。

“看着我的眼睛，你任意出拳，我都能赢你!”

小柯原本还想低下头，避开老梅凌厉的目光，听了这话，只能硬着头皮抬起头看着老梅的眼睛。

老梅嘴里喊道："剪刀石头布！"

小柯机械地出拳，剪刀。老梅，石头。

老梅再喊："剪刀石头布！"

小柯出拳，布。老梅，剪刀。

"剪刀石头布！"

小柯绝望地出了石头。老梅五指大张，布。

小柯完全懵了，不可能，他一直催眠自己这是概率问题，和心理没关系，但自己真的就拳拳皆输，这到底是个怎么样可怕的老头儿！

老梅突然大笑起来，把小柯吓得一哆嗦，他茫然地看着老梅，又求助地看向小梅，发现小梅也朝他惊讶地摇了摇头。

老梅笑得突然，停也得突然，只听他咬牙吐出一句话来："蠢成这样，还想娶我女儿。"说完转身就朝车子走去。

小柯诧异地看着小梅，他不懂，刚才老头儿把他贬损得一钱不值，但看样子，似乎还是愿意一起去吃饭的，他到底想干什么？

小梅低声说："别招他，老头儿今天刚办了退休手续，正别扭呢。"

小柯这才恍然大悟地点点头，又小声地埋怨："你不早早早跟我说。"

小梅歉意地拉拉他的手，小柯赶紧握住，轻轻一笑，表示自己并不真的介意。两人朝车子走去，赫然发现老梅已经坐上车，正严肃地看着他俩，吓得两人赶紧松开手，迅速上了车。

发动了车子，小柯讨好地转头对老梅说："叔……叔……叔叔，您坐稳、稳、稳、稳、稳了。"

老梅皱着眉，问小梅："这话都说不利索，他还唱歌？"

小柯赶紧赔笑："说话不行，我唱歌很很很很很很……流利。"

老梅摇着头，无奈地靠在车椅上，仰天叹了口气。

第四章

一、15：05　第二位客人

通往“天人 ·”的盘山公路上，前“天人一”的大厨一行人已经累得在路边七倒八歪，一个个再没有刚从饭馆出来时候的精神，都成了霜打的茄子——蔫儿了。

“大哥，还走不?”三厨有气无力地问。

大厨坐在地上，耷拉着脑袋，不说话，对着手机又确认了一遍号码，拨出，不一会儿，语音提示：您拨打的电话已关机。

这是怎么回事？难道莫老板忘了派车的事情了？大厨脑子里在仔细地琢磨，应该不会的，当时她答应得好好的，手机关机可能是没电了，也可能是忙别的事，对，可能出差，飞机上不就不能开手机吗？那是她派的人不认识路？

大厨自己在瞎琢磨，二厨看他这副样子，忍不住凑上来：“大哥，现在怎么办啊？那娘们儿不会是耍我们的吧?”

“不会。”大厨回答得非常坚定。

“你怎么就这么肯定?”

“俺说不会就不会，俺们什么身份？耍俺们能有什么好处?”

二厨想了想，好像也找不出反驳的理由。

这时下山方向传来一阵汽车的轰鸣声，一行人来了精神，从地上爬起来朝着汽车来的方向翘首张望。不久，一辆闪亮的跑车出现在他们视线中，很快就从他们眼前疾驶而过，只留下一道亮眼的残影。

“唉，那车上好像是个娘们儿，操，娘们儿开这么好的车。”二厨忿忿不平地说。

又传来一阵汽车的马达声，从山上摇摇晃晃开下来一辆公交车。

三厨惊喜地说：“大哥，咱们坐公交吧。”

“对，两小时一趟呢，错过这趟就没了。”女服务员们也在附和。

大厨板着脸：“不坐。莫老板说好了派车来，俺们自己坐车走了，人家接不到人会怎么说？说俺们不讲信用？做人啊，诚信为本，知道不？”

大家一听这话，也不好再说什么，只好眼睁睁看着公交车摇摇晃晃地从身边开走了。

此时大厨心里琢磨的却是另一件事——那个开跑车的女人上山是去哪儿？山上就只有“天人一”一家饭馆，单独一个人不像是去吃饭，那是封不平新搭的什么关系？这个事情要不要向莫老板汇报一下呢？

大厨又一次拨号，还是“您拨打的电话已关机”，他对着手机发起愁来。

在前大厨发愁的时候，“天人一”的狗腿子正严肃地坐在那一溜监视屏前，眼睛一眨不眨地紧盯着屏幕。屏幕上，除了夏有米据守的“火”字房，和大门外继续无聊打哈欠赶苍蝇的小蕾和小蕊，整个“天人一”空空荡荡，和狗狗此刻严肃的工作态度完全搭不上边。

也许是一成不变的画面终于让狗狗产生了审美疲劳，上下眼皮开始不顾一切地亲密接触，就在狗狗的头一点一点垂下去的时候，他眼角的余光似乎扫到了什么东西，惊得他赶紧抬起头。

对着大门外停车场的监控录像显示，一辆崭新的跑车开来，转了个优美的弧度后停下，车门打开，走下一位风姿绰约的美女。

只见她身上斜挎一只精巧的背包，返身从车里又拎出一只银色密码箱，关上车门，风情万种地向“天人一”走来，清风拂过她暗红色的长发，飘逸美艳如同仙子。

狗狗瞪着监视屏看了好一会儿，才不屑地冷哼一声："骚娘们儿！"

站在大门外的小蕾和小蕊急忙迎了上去。

"请问您是用餐吗？"

莫妮卡高傲的目光从她俩头顶上越过，一边看向店堂内，一边轻启朱唇，喊道："封老板，here？"

这一声喊落在封不平的耳里无异于天籁，他立马从椅子上跳了起来。

夏有米吓了一跳，紧张地盯着封不平："你要干什么？"

莫妮卡的喊声又响了起来："封老板？"

封不平向后退几步，嘴里应着："Here！Here！我在 here！"说着，两条小腿一通狂抡，朝着挡在门口的夏有米就冲了过来。

他没有给夏有米任何的机会，奥利弗、梅里特、刘翔这三位伟大的跨栏运动员在这一刻灵魂附体！封不平代表了跨栏运动悠久的历史和传统，在这一刻他不是一个人在奔跑，他不是一个人！

起跑、抬腿、跨越、落地，一个漂亮的跨栏！封不平成功了！他成功地跨过横在门口的条凳，避开夏有米，一溜烟儿地穿过大堂向店外跑去。

"哎，你休想跑！"回过神的夏有米赶紧跨过条凳追了上去。

封不平边跑边喊："狗狗！"

"土"字房的门"砰"一声打开，狗狗一脸悍勇从房里冲了出来。

"叔，我来咧！"

狗狗大喊着冲向夏有米，夏有米咬牙加速，伸手抓向只有一步之遥的封不平。狗狗一见立刻飞身跃起——"咣当"、"哎哟"伴着沉重的落地声和夏有米的惨叫，狗狗成功上垒，把夏有米扑倒在地。

这番变化就发生在电光石火之间，门外的莫妮卡只听到一声惨叫，两个倒在地上的身影一闪，转眼封不平已经站在她面前挡住了她的视线。

封不平满脸堆笑，嘴咧得都能看见后槽牙了，一个劲儿地说："哎呀呀，我是盼星星盼月亮，可算把您盼来啦！"

莫妮卡躲开封不平的阻挡，踮着脚尖向他身后探头看。

大堂的水泥地上，夏有米在狗狗粗壮的臂膀控制下拼命挣扎，嘴里却发着狠："放开我……你个兔崽子敢拦我!"

狗狗憋足了劲，一把将瘦小的夏有米拦腰抱起，顺势一用劲，"叭叽"，夏有米像贴饼子似的趴在了地上，还没等他爬起来，狗狗又一个箭步上去，抱住他的腰，反方向又把他摔了一次。

"咯嚓"，骨头错位的声音大得连莫妮卡都是眼皮一跳，封不平赶紧又挡在她身前。

"哎呀，我的老腰……"夏有米一手捂着腰，一手撑地还想挣扎着爬起来，嘴里还喊，"杀人啦……"

封不平头也不回地喊："狗狗，动作麻利点!"

"知道啦，叔!"

得到指示的狗狗扑上去拎小鸡似的抓住夏有米的脚腕子，不顾夏有米的反抗、哀号、叫骂，生拉硬拽地把夏有米拖进了"火"字房，"砰"一声把门关死。

莫妮卡惊讶地用手掩住嘴，半晌，才迟疑地问："他们……"

封不平呵呵笑着："没事、没事，他们都是业余摔跤爱好者，经常闹着玩，来来，咱们水字房请。小蕾、小蕊，上茶!"

莫妮卡不再追问，一扭腰，跟在封不平后面进了"水"字房。她把银色密码箱放在桌上，飞快地扫视了一圈，"水"字房里没有什么出奇，只是靠着西墙放置了一个佛龛。

小蕾和小蕊很快就端了茶进来，又退了出去，顺手掩上了门。

莫妮卡扭动腰肢，绕着桌子一边款步走动，一边像在细细打量房间，好一会儿，才娇滴滴地说："好可惜哦，酱紫（这样子）漂亮，酱紫奢华，酱紫高雅的天人一，竟然就办不下去了耶!"

封不平胃里一阵泛酸，却还是满脸堆笑，学着莫妮卡的腔调，暧昧地说："莫妮卡小姐，偶要告素你哟，虽然我们已经打过几次交道，但你要是一直酱紫讲话，作为一个有正常生理功能滴男银，偶是没办法跟你交流的耶。”

莫妮卡停下来，嗔怪地飞了他一眼：“讨厌。”

看到莫妮卡终于停下了乱扭的小蛮腰，封不平总算是把视线转移到了她的脸上，自己换了一副公事公办、精明干练的神色。

“之前谈判的时候我已经说得很清楚了。你也知道，来我这儿的都是大人物！不是有钱，就是有势，不是有势，就是有爹——有钱有势的爹。不要怕出事，拼爹的时代，多的是坑爹的子孙。

“也不要觉着现在天人一过气了，就凭我，一根萝卜加点儿葱姜蒜炒吧炒吧，就能卖出人参的价，我这天人一，仍然是全城最火暴的饭馆……”

莫妮卡轻蔑地一笑，打断他：“别演戏了封老板，你当我是白混的吗？你那几位重要的大客户，好像……已经进去了。政府现在打黑力度很大，没了这些客源，你们天人一根本就是难以为继。”

没料到这个娇滴滴的女人打击对手这么稳、准、狠，之前接触的时候根本没看出来，真是深藏不露啊！封不平有些措手不及，张口结舌，酝酿了半天，也找不出一句有力的辩辞。

莫妮卡似笑非笑地盯着封不平尴尬的表情玩味了半天，才说：“何必废话呢？我又不打算和你讨价还价。”

说着，把密码箱打开，抽出一叠合同丢在桌上，再把箱子敞着盖转向封不平，封不平的眼睛顿时直了，乖乖，箱子里码得满满的都是粉红诱人的人民币！

“这是五百万，抓紧时间，签合同吧。Come on baby……”

封不平根本没听她说什么，两眼直愣愣盯着那箱钞票，手更是不由自主地向箱子伸了过去，钱啊，五百万呐，就是把他卖了也换不回这么多钱啊！有了钱，眼下他所有的困难全都迎刃而解，没了“天人一”，他还能有“天人二”、“天人三”——管他什么名儿，反正是重振雄风再闯江湖……

“啪”，莫妮卡把箱子盖重重地盖上，还好反应够快，不然封不平的手指头就得遭殃了。

莫妮卡伸出两根玉葱般的手指头冲他晃了晃。

“两个条件！一，今天的生意不能停，我要看到你一天的流水；二，你撤走之后，镇店之宝要给我留下。”

“镇店之宝？”封不平有点茫然。

“一个萝卜就能卖出人参价——简直是国宝级的大厨啊。”

“大厨啊……”封不平偏过头，以掩饰眼中一闪而过的慌乱。

莫妮卡心中暗笑，嘴里还是关切地问：“有问题吗？”

“没问题！”

回答得太干脆，倒让莫妮卡愣了，但她不动声色，说：“今天我要亲口吃到你们天人一的大菜——‘极品至尊皇家萝卜王’。吃到了，签合同！”

封不平突然面部纠结，手捂小腹：“对不起，我去趟卫生间。”

不等莫妮卡反应，封不平拉开房门快步离去。

莫妮卡看着他的背影，脸上浮现出一丝讥嘲的冷笑。

二、15：16　逼上梁山夏大厨

封不平推开“火”字房的门，一把拉起趴在桌上的夏有米就往外走。

“你干什么？”

“有事儿！”

夏有米刚刚被狗狗摔得七荤八素地犯晕，身上一阵大汗出了个透，之前灌下去那两瓶啤酒的酒劲也散了个精光，现在封不平急急火火地这么一拉一拽，夏有米的怂劲又上来了，他直觉，这不是什么好事！

他抱住大堂里的柱子不肯撒手：“你说清楚，什么事？”

“我要你做一天大厨！”封不平显然是逼急了，此刻病急乱投医，推着夏有米就往厨房去。

“不行！不行！我不做！”夏有米又抱住另一根柱子，死也不肯松手。

封不平二话不说上去抓住夏有米的手就咬。

“啊!”夏有米痛叫着松开了手，封不平抓住时机把他拉扯到厨房门口，哪知道夏有米身手灵活，一下子又扒住门框，死活不肯进去。

“我真不行。”夏有米一个劲儿地摇头。

“必须行！你一卖海鲜的，不会做饭？说出去都没人信，你们自己不吃海鲜吗?”

夏有米不同意这个逻辑：“我要是卖狗粮是不是还得吃狗粮啊？不行，坚决地不行!”

“少蒙我啊，别人不知道，我还不知道你？你当年做饭那手艺……”

“早就不会了，我现在只会下方便面。”

封不平一把抓住夏有米的手，像抓住最后一根救命稻草，激动地说：“这就够了！无招胜有招。会做鲍鱼海参没什么了不起，能把方便面都做出海鲜味那才是本事!”

夏有米面有难色：“可、可金叶说，我下的方便面，只配喂狗，还只能在自己家偷偷的喂，不能让动物保护组织知道。”

封不平重重地按住夏有米的肩膀，把他推进厨房，郑重地说：“那更好！商品的最大价值就在于其独特性！你是个天才。”

封不平伸手从衣服内里的口袋里掏出一沓钱来，递到夏有米面前，夏有米一愣。

“老虾米，拿着。”

夏有米看看封不平，又看看那沓钱。封不平再把钱往夏有米面前伸了伸。

“还钱？那行，你等我算算啊，多的我也不要你的，这二年半你一共欠了我……”说着，夏有米不知从身上哪里摸出一个手机来，翻出计算器的功能就要开始算账。

封不平上前一把按住，凝重地说：“老虾米，算我求你，只要你帮我应付完今天这一趟，我欠你多少，加倍……我加倍还你!”说着话音一转，哀求着，“实话告诉你吧，这是我们天人一，也是我封不平，最后的机会了!”

夏有米被封不平悲恸的神色给吓住了，一时有些迷惑，他仔细捉摸封不平的表情，似乎不像在演戏。

封不平看出夏有米的态度有了松动，把钱又塞回自己衣兜里，抓过大厨扔在操作台上的衣服就给他穿上。

“这事儿很简单，简单到不能再简单了，你只要把这些萝卜炒出人参味儿就行！”

一听这话，夏有米惊得一跳，赶紧脱衣服，一边说：“还是你自己来吧。”

“别别别……”封不平忙把衣服给夏有米重新穿上，系好扣子，又给他套上一条围裙，抓过大勺塞进夏有米手里。

“听我说，秘诀就一个，疯狂加各种作料……这些，这些……还有这些，都弄锅里，我知道你以前会做菜，就按你自己的喜好，闭上眼睛想怎么炒就怎么炒，一直炒到谁都分不出它是什么味儿了，那就算成了！”

说完他两手抓住夏有米的胳膊，近似癫狂地说：“只要在天人一，你就是做出一坨狗屎都沐浴着神圣的光辉！”

“那不也是狗屎吗？”夏有米觉得他疯了。

“错！够神圣就没人说你是狗屎了。干吧！”

封不平扔下夏有米，匆匆走出厨房。

厨房一下子安静下来，夏有米站在操作台前，看着那一堆瓶瓶罐罐、碗盘杯碟，白菜、萝卜、鸡肉、鱼块，一时生出些恍惚。

他已经不记得是多少年前了，他喜欢下厨，手艺还不错。那时他最大的理想，就是开一个小饭馆，自己亲自掌勺，只卖自己喜欢做的菜，想来吃饭的人必须得预约，一天只接待一桌客人。完了就搬一张躺椅，往太阳底下一躺，泡壶茶，或者找人打打牌，下下棋，这日子，要多舒坦有多舒坦。

可是，这舒坦的日子不是老婆金叶理想的舒坦，用她的话说，一个大男人，整天围着锅边转有什么出息？金叶坚决不让他再下厨，一门心思让他学做生意——倒腾海鲜，他也再不敢流露出对下厨的喜爱，甚至有时凑合煮碗面，都只能非常“凑合”。因为金叶教导他，不以老婆意志为主力的家庭都是危险关系，不听老婆话的男人都不是合格的老公。

如今，虽然是被迫穿上了厨师服，拿上了炒勺，但夏有米能感觉到，内心那种久远的喜悦的情绪似乎又回来了，站在偌大的“天人一”的厨房，夏有米心潮起伏，抑止不住内心的激荡，喃喃自语：“我夏大厨师，又回来了。”

三、16：00　贵客驾到

前“天人一”的大厨领头走在这支垂头丧气的队伍前面，嘴里大声地念着他所能想起来的有限的名人名言。

“苦不苦，想想红军两万五！累不累，想想雷锋董存瑞……吃得苦中苦，方为人上人……失败是成功他娘……只要功夫深，铁棍磨成绣花针……要想做大事，前不怕大老虎，后不怕灰太狼……”

二厨嘟嘟囔囔地小声抱怨：“哪儿跟哪儿啊，不怕苦？不怕苦干吗要跟着你跑啊。”

一行人除了大厨，全都一脸怨气，十来个人的队伍，拖拖拉拉地拉出去一百米远。

前面又来了一辆小车，大家已经没了一开始听到车声的兴奋和期待，只低着头慢腾腾地往前挪步。

车里谭大师开着车，后座上衣着简朴、面容庄严的大老总闭着眼在养神，大厨声嘶力竭的喊声传进了他的耳里，他睁开眼往外瞧了瞧。

“吵到您了吧？这些农民工，怎么会跑到这儿来念什么诗？”谭大师体贴地问询。

“哦，不打紧，农民工也会念诗，说明人民群众的文化生活和教育水平，还是得到了很大的提高嘛。”

“您说的是、说的是。”

“天人一快到了吧？”

“快到了，大老总您再养养神？”

“嗯。”

谭大师从后视镜里悄悄地打量着大老总，大老总平时应该很重视保养，皮肤上看不出什么皱纹，也就不好判断他的年纪，只能从微黑的肤色和手上的老趼推断，大老总大概也是农村出身。

从一个人的出身有时候是能推理出很多事情的，富二代和贫二代的气质肯定不一样，谭大师早已练出一双火眼金睛，很多第一次见面的人，交谈两句，他就能大致猜出这人的家庭背景，八九不离十。

只有大老总，他猜不透。

车很快来到了“天人一”，谭大师停下车，大老总也睁开了眼睛。

“大老总，这就是天人一了。”

“哦。”

谭大师殷勤地下车帮大老总打开车门。大老总一抬头看见美如瑶池的灵碧湖，眼睛一亮。

“大师，您在这儿稍等，我去叫一下小封。”

大老总点点头，背负双手，走到停车场边上，俯瞰那片美景。

谭大师匆匆往饭馆里去，小蕾和小蕊忙迎上来，大师一挥手自己进去了。

一进大堂，谭大师眼睛就直了，他看到了莫妮卡。

莫妮卡在封不平的躬送下，身姿婀娜地走出“水”字房。

“您先看看店，等会儿极品至尊皇家萝卜王一做好，我立马通知您。”

“好的呀，你去忙吧。”

莫妮卡踩着高跟鞋，提着那只银色的小箱子，一步三扭地从谭大师身边走过，对谭大师垂涎的丑态故作不见。

谭大师目不转睛地跟着她回头，贪婪地欣赏着她灵活轻盈的细腰、结实饱满的翘臀。似乎感应到了他的目光，莫妮卡突然一回头，对他抛去一个媚眼，嫣然一笑，又转身飘然而去。

谭大师两眼发直，脸上带着迷醉的微笑，目送着莫妮卡的背影正自我陶醉，冷不防耳边响起一声低沉的声音“大师！”

谭大师急忙回过头，一脸谄媚的封不平正恭恭敬敬地站在旁边。

“大师，今儿个请的……”

谭大师回过神，面容一正，低声道：“今儿请的都是人物，大款、明星，还有一个重量级的——大老总！”

封不平眼睛都瞪圆了：“大老总？”

“就在外面。”

“快请、快请。”

封不平跟着谭大师快步迎出大门，远远地就看见大老总背向大门，双手叉腰，正在欣赏那片宁静幽美的湖景。

“大老总，这是天人一的老板小封。”

大老总回过头来，脸上带着惯有的谦和平实的微笑。

封不平抢上前握住大老总的手：“大老总您好，谭大师总念叨您，您老人家终于来了。”

大老总客气了几句，伸手画了一个圈，把“天人一”和湖都画进去，感慨地说：“你这儿是个好地方啊，有山有水，气场不俗啊。”

谭大师马上接口说：“大老总好眼力，这里我特意给小封看过，是一块风水宝地，金木水火土，五行俱全，天人合一，生意想不火暴都难啊。”

“大老总能来，我这儿就更是蓬荜生辉，锦上添花了。”封不平不失时机地奉承道。

大老总爽朗地笑笑，摆一摆手：“我这次来，不想惊动任何人，只想找个僻静的地方，向谭大师安安静静地请教一下国学。”

封不平伸手作个“请”的姿势：“早给您预备下了，您请。”

招呼大老总和谭大师进了“木”字房，封不平退了出来，马上吩咐小蕾和小蕊去准备功夫茶，现在可用的只有这么几个人，只能赶鸭子上架了。

接着他又来到“土”字房，取出一沓钱递给狗狗：“拿着。”

狗狗一愣：“叔，你这是干啥？你紧着别人先还，我又不着急。”话是这么说，手却已经伸出去把钱攥得紧紧的。

“明天就给你老娘寄回去，敢自己胡花我打你小兔崽子。”封不平轻轻拍了拍狗狗的背，语气严厉中带着点包容，这一刻，他似乎真成了一个宽厚的长辈。

狗狗受了感动，咧开嘴憨厚地笑着：“叔！你放心，我永远保护叔、守卫叔，永远都是叔忠实的狗腿子……”

封不平摆摆手，马上交代狗狗，今天来的人很重要，店里几乎没有多的人手，要他打起十二万分的精神来，把自己当成一个救火队员，哪里有需要就要及时地出现在哪里。

狗狗一个劲儿地点头：“您放心，叔，对了，那个漂亮女人……”

封不平眼里精光一闪：“你记住叔一句话，没有漂亮的女人，只有危险的女人，越漂亮的女人就越危险，懂了吗？”

“嗯，我懂了！”狗狗坚定地握起了拳头。

不一会儿，一阵清越悠扬的古琴声从“木”字房里飘出，大老总和谭大师在桌前对面而坐，大老总面前还放了一本摊开的笔记本和一只笔。一旁的茶几上点着熏香，音响里播着古琴曲，一种宁静神秘的气氛似乎正在房中弥漫。

“谭大师，我最近越学习国学，越觉得困惑越多。”

谭大师脸上带着慈悲的微笑，温和地说：“没有关系的，您一个个说来。”

说完，谭大师从身旁的包里取出三本厚厚的书，放在桌上，推到大老总面前。

大老总扫了一眼，那三本书分别是《老子的看破》、《庄子的逍遥》、《孙子的智慧》。

他信手拿起《老子的看破》，问道：“您怎么看待老子的成功？”

谭大师微眯着眼睛：“老子认为，所谓幸福与贫富无关，与内心相连！老子的成功秘诀可以总结为八个字：忍辱负重，逆来顺受。”

大老总不禁点头赞同：“非常的精辟！那么……”他又拿起《庄子的逍

遥》，“您又怎么看待庄子的成功？”

谭大师微眯着眼睛：“无独有偶，庄子也认为，所谓幸福与贫富无关，与内心相连！庄子的成功秘诀可以总结为八个字：忍辱负重，逆来顺受。”

大老总愣了一愣：“这个，似乎非常的……耳熟。那么，您怎么看待孙子的成功？

谭大师依然微眯着眼睛：“孙子认为，所谓幸福与贫富无关，与内心相连！孙子的成功秘诀可以总结为八个字……”

大老总忍不住说：“忍辱负重，逆来顺受？”

谭大师的眼睛一下子睁大，流露出钦佩的眼神，点头道：“没想到大老总您已是如此的通透啊！”

大老总皱起眉，疑惑地说：“您觉不觉得您说来说去，不管是老子、庄子，还是孙子，说的都是一回事？”

“不错，”谭大师正色道，“这恰恰是国学的精髓所在啊——不管是老子、庄子，还是孙子，说穿了一句话，只有‘老装孙子’，才是成功的王道！”

大老总悚然一惊，看着一脸严肃的谭大师，好一阵才醒悟过来，赶紧拿起笔在本子上认真地记录起来。

门被轻轻敲了两下，小蕾和小蕊捧着一套精致的茶具走了进来，坐到一边的矮桌边，开始表演起功夫茶。

谭大师半眯着眼睛看着大老总在笔记本刷刷地写着，脸上带着慈悲的微笑，目光却禁不住一下又一下地向两位姑娘瞟去。

四、16：08　冒牌货

厨房里，夏有米已经准备好了一大堆备用的食材，操作台上各种不锈钢盆、塑料筐里装满了他切好的鸡鸭鱼肉、蔬菜水果、葱姜大蒜。

菜刀剁在砧板上的脆响声，灶眼里火苗儿旺盛的轰轰声，锅里高汤沸腾的咕嘟声，听在夏有米的耳中都如同天籁。他感觉身上每个毛孔都张开了，兴奋地吸收着这厨房里飘散着的各种味道，他太爱这种感觉了，比整天在水产市场和那些冷冰冰的鱼虾打交道有意思不止十倍！

夏有米揭开冒着大汽的蒸锅，拿勺子舀出一点汤料，吹吹气，小心地尝了尝，享受地眯起了眼睛。

“Hello?”

夏有米一惊，回头一瞧，莫妮卡正走进厨房，好奇地打量他。

“你是大厨?”

还在刚认识金叶的时候，夏有米就深刻地认识到，除了老婆以外的女人，特别是美女，都是祸水，是瘟疫，遇上了能躲多远躲多远。所以，面对着莫妮卡这样的大美女，夏有米的反应只有一个，冷漠。

“你是不是大厨?”莫妮卡又问了一遍。

夏有米不知道这是什么人，但想到封不平之前紧张惶恐的样子，直觉在这个问题上不能说实话。

“嗯……对啊。”夏有米含混地回答。

“你不是。”

夏有米一愣，板起脸：“你是谁？厨房重地，闲人免进！”

莫妮卡不理他，看着这一片繁忙，问：“你在做什么菜?”

夏有米闷闷地回答：“酱焖猪蹄，又叫没事儿上别的地儿溜达去!”

莫妮卡脸色一变：“你知道我是谁吗？我是这里的新主人，你未来的老板!”

夏有米被说得一懵，兜里的手机适时地响了。

“喂、喂？老婆，我在天人一呢……钱？还没……我在做什么？我在……没，我没做什么。”夏有米庆幸自己脑筋够快，差点就说出了实情，要是给金叶知道他不但没拿到钱，现在还给抓壮丁当上了大厨，回家还不把他皮给扒了。

“工作时间不能随便接电话。”莫妮卡冷冷地说。

“啊？老婆，没有，你听错了，没有别人……”夏有米急忙向莫妮卡使眼色，要她别出声。

莫妮卡却诡秘地一笑，凑上去，大声地说：“我说不能随便接电话你听不见啊？”

夏有米全身一哆嗦，手机差点掉锅里，再一听，那边已经挂了，只剩嘟嘟的忙音。

“你有病啊？我老婆跟我打电话你来掺和什么？”夏有米难得地粗着嗓子嚷了一句。

他哪里知道此刻他已经成了莫妮卡的眼中钉，她暗中耍手段，骗得前大厨一帮人甩手撂挑子，要的就是让封不平没有退路，把“天人一”里这潭水搅浑，她才能趁机得利。谁想半路杀出他这个程咬金，还对她耍态度，完全不把她这个大美女大老板放在眼里，真是越想越气。

莫妮卡心中暗想：你这个不知道从哪里钻出来的冒牌货，帮封不平，就是跟我作对，不整你都对不起我的人品。

心里这样想着，脸上却一本正经：“极品至尊皇家萝卜王——马上给我做，一小时后，我来品尝！”说完高傲地转身而去。

夏有米郁闷得直挠头，拿着手机赶紧回拨过去，金叶已经关机了。

看着眼前这一摊兵荒马乱，夏有米脑中展开激烈的思想斗争：一方是封不平苦苦哀求的可怜眼神，一方是金叶横眉冷对的可怕杀气，还有一方，是他好不容易重上灶台重掌大勺的宝贵机会。

终于，他仰天长叹：“罢了，好人做到底，熬过这一天再说！”

第五章

一、16：17　后备厢里的来客

西山盘山公路上，“叭叭叭叭——”伴着一连串汽车的喇叭声，一辆超长豪华越野车风驰电掣般咆哮着驶来，蔡哥脸上带着焦急的神色，他和谭大师分手后，只顾飙车飙得高兴，不想又跑错了路，绕了一大圈才拐回来，也不知道路对不对。眼瞅着路边有一群人，一个急刹车停了过去。

蔡哥从车窗里探出半个身子，趾高气扬地问：“哎，天人一是这条道儿不？”

这群人正是“天人一”前大厨一伙，他们正闹脾气。

三厨扯着嗓门冲大厨嚷嚷：“这到底算怎么回事啊？好好一份工给丢了，回也不能回，去也没地儿去，前不着村后不着店的，你得给大家伙儿一个说法吧？”

“没错，我们都是听了你的才把工作给丢了，你说那是大老板，大饭店，你真见过吗？”一帮女服务员也跟着嚷嚷。

大厨这半下午也憋了一肚子闷气，一路上二厨等人看他的眼神已经开始各种不耐烦和质疑，甚至连休息都没人愿意跟他坐在一起。这会儿居然连一向低声下气的三厨都敢来质问他，更是窝火。

大厨头一扭，闷声说：“是不是大饭店，你们问他去。”

顺着大厨扭头的方向，大伙儿的眼睛都盯上了二厨。

二厨忙说："你们看我干吗？大老板是给他手机上发过饭店的照片，我看了，确实比天人一豪华多了，可这跟我有什么关系？又不是我鼓动你们走的，全都是你们自觉自愿的，现在要怨谁？是吧，大哥？"

大厨冷哼一声，没有答理。

"大哥、大哥，"二厨抵挡不住众人怀疑的目光，赶紧和大厨套近乎，"要不，你把你手机里那照片给他们看看？"

"不给，爱信不信，反正，俺是信了。"大厨赌气地说。

蔡哥等了半天没人理他，嘴里就骂上了："操，怎么回事？哑巴？聋子？哎，会喘气吗？听不懂人话啊？"

一群人怒目而视。

"瞪什么瞪？一帮土包子。"

虽说只有三个男丁，但人多力量大，何况是一群愤怒的女人。没人招呼，大家不约而同弯腰找路边的石块。一看情形不对，蔡哥一轰油门，越野车咆哮而去。

越野车一路疾驶，冲上山道，玩了一手漂亮的漂移，穿过"天人一"美轮美奂的牌楼，杀进停车场停下。

蔡哥一边下车一边扯开嗓子嚷嚷："谭大师！谭大师！"边喊边提着裤子跑到一边角落里，背对着车子开始撒尿。

可惜"天人一"忠实的狗腿子狗狗此时正蹲在厕所里拉稀，不然，他就会看到蔡哥越野车的后备厢悄无声息地打开，一个娇小的黑衣女子从里面钻出来。

黑衣女子小心翼翼地盖上后备厢，刚转过身，一下子看见撒完尿向车子走来的蔡哥，立刻迅捷地钻到车下藏起来。

谭大师快步从饭馆里出来："你怎么才到？"

"咳，我他娘的光顾着飙车，走错道儿了，拐了半天才拐回来。"

"大老总一直等着，礼物呢？都带着吗？"

“放心吧，早准备妥了。”说着，蔡哥走到车子后面，打开后备厢，取出一个礼品包揣进衣兜里，再狠砸下后备厢，“砰”的一声，力量太大，扬起地上一圈尘土。

蔡哥和谭大师大步向饭馆走去，一边走，谭大师一边嘱咐：“等下你先去金字房，时候到了我来叫你”。

车下那个娇小的身影急忙从车底下钻出来，刚刚她被尘土呛得直想咳嗽，又生生忍住，憋得满脸通红，还弄得灰头土脸，说不出有多狼狈。

小女子一身黑衣劲装打扮，头罩黑巾，颈缠黑布，乍一看，还以为是日本电影里的忍者。她是谁？又怎么会从蔡哥的后备厢里出来，要说清楚，就得把时间往回倒，一直倒到蔡哥飙车拉着谭大师四处兜风，结果把人撞飞那一段去。

小女子人称“小蝴蝶”，自诩为“侠盗”，抱着一腔劫富济贫的热血，说白了，就是个贼，除了偷鸡摸狗，没干过什么正经事。蔡哥他们撞飞的那个塑胶人偶，就是小蝴蝶下的套。

这是她常玩的把戏，守在僻静但车辆来往还算频繁的山道上，寻一个有利地形，瞅准一辆好车，等车接近了，就拉动事先挂在树上的机关，让人偶从车前飘过，造成“撞人”的假象，把车上的人骗离车子，再伺机取走车上值钱的东西。她这样玩过很多次，大大小小总有收获，只有今天，出了意外。

她眼看着蔡哥和谭大师跑下山坡去，急忙从躲藏的树上下来，在越野车上一番翻找，却发现这是一辆新得不能再新的车，除了车本身，什么值钱的东西都没有。

她不死心，又动用了一番高科技的开锁工具才打开了后备厢，刚发现一个礼品包，那两人就上来了，一时情急，她就躲进了后备厢里。现在回想起来仍然觉得惊险非常。

当时蔡哥发现后备厢没关严下来检查，小蝴蝶吓得寒毛都立了起来，脑子里飞快地转动想着编套什么样的说辞骗人，会被骂，还是被打？还好，谭大师那一声喊救了她，但也让她没机会逃出后备厢，就一直被带到了这儿。

出道好几年了，这还是第一次搞得这么狼狈，小蝴蝶想想就不甘心，她一边拍着土，一边往牌楼外面走，余光瞄到精美的“天人一”仿古小楼，不由得停了下来。

她偏头打量着这座豪华的建筑，思量着，今儿遭这么大罪，不能就这么算了，老话怎么说的，贼不走空，不然就要走背运。这么想着，小蝴蝶慢慢朝饭馆走去。

门口那个立牌上贴的招聘启事不知什么时候被风刮破了，随风一飘一扬，发出清脆的碎响。小蝴蝶闻声歪着头看了看，记在心里，迈步走进大门去。

转过大门口的屏风就是饭馆的大堂，此时空无一人，桌椅都空着，倒有一缕悠扬的古琴声不知从哪里传出来，给这中式风格浓郁的饭馆增添了些许神秘悠远的气氛。

小蝴蝶边走边四处张望，观察地形。围着大堂有一圈包厢，都关着门，门上分别挂着“金”、“木”、“水”、“火”、“土”的木牌，顺着走廊往西，隐约传来炒菜的声响，估摸那后面应该是厨房，再看走廊往东，好像还有房间，门上却没有挂木牌，不知道是做什么用的。

小蝴蝶正在琢磨下一步怎么行动，就听见有个男人的声音在问：“您是……”

小蝴蝶转过头，看见是个四十来岁，理着小平头，留了小胡子，个子高大的男人在问她话，心想奇怪刚才这里还一个人影儿都没有，也不知道这男人打哪儿转出来的。

“你是……”小蝴蝶反问。

“鄙人天人一老板封不平。”

小蝴蝶眼珠一转，坦然地说：“我是来应聘服务员的。”

一听是来应聘服务员的，封不平的态度马上冷淡下来：“我们现在不招人了。”

小蝴蝶正在想编个什么理由留下来，正巧对面的“金”字房房门打开，蔡哥探出脑袋来。小蝴蝶心虚地扭头想走，却听见蔡哥扯着嗓子吼：“怎么回事？客人来这么久了都没人来管理？”

封不平急忙拦住她："恭喜你，应聘成功了！"

"啊？"

"试用一天，工资免谈，"说着，封不平随手扯过放在大堂中央点餐台上的菜单，塞到小蝴蝶手里，把她往"金"字房一推，"去，看看客人要什么。"

小蝴蝶无奈只得拿着菜单往"金"字房去了。

封不平拔腿想去厨房看看，刚走两步，身后就有人在嚷嚷。

二、16：25　明星来也

"老板呢？老板在不在？怎么连个迎宾领位的都没有啊？"

随着嚷嚷声，走进来一个看不出年纪，中性打扮，长得不知该用"漂亮"还是"英俊"来形容的男士。

封不平急忙迎上去，赔着笑说："您好，先生有事儿吗？"

男士乜他一眼，气呼呼地说："家明告诉你，现在家明很生气！请问你们难道就是这么对待上帝的吗？"

封不平忙解释："我们员工是少了点……"

"家明从来不是一个挑剔刻薄的人。家明今天来这里，不希望引人注目，所以连司机保镖都没带，是自己开着车来的哟。之前在山路上问路，遇上一群不懂礼貌没有见识的粗人，不认识家明就算了，对家明还不理不睬，实在是太不尊重人了。到了你们这儿，居然连个接待的人都没有，你们这样对待家明未免太过分了。家明觉得实在……"

封不平听得头直发晕，忍不住打断他："对不起，我先拦您一句……家明是谁？"

"家明！"

两声惊呼同时响起，一声是刚从厕所回来的狗狗，一声是刚把蔡哥安顿好出了包厢的小蝴蝶。

两人激动地跑到家明面前，不敢置信地看着他。

小蝴蝶抢着说：“你真的是家明吗？天啊，我居然这么近地看到了一个活生生的大明星耶！”

狗狗急忙表示：“我才看过你演的电影，你的功夫太厉害了，死得太悲剧了！”

家明非常不高兴地横了狗狗一眼，小姑娘似的噘着嘴不说话了。

封不平碰下激动的狗狗：“哎，他到底是谁？”

“哎呀，叔，他你都不认识啊？功夫明星啊，很能打的那个，哼哼哈嘿……”狗狗学着电影里的招式挥拳踢腿。

“够了，”封不平转头瞅了瞅家明，眼神露出怀疑，“您是电影明星？”

家明依然骄傲地噘着嘴不理他。

小蝴蝶忙凑到他面前，一派眼冒红心的小粉丝状，崇拜地说：“我最喜欢你给别人一顿胖揍之前，肚子那么一拧，脑袋那么一晃，哎，多帅啊！对了，你最近演的那片儿叫什么来着？什么什么眼？”

“苍天有眼。”家明终于没好气地说。

封不平没听清楚：“苍天有眼儿？”

“有眼！这个字后面不要随便加儿化音好吗？否则苍天会不高兴的！”家明严肃地纠正封不平，说着右手翘起兰花指往自己一指，“现在，你知道家明是什么人了吧？”

封不平猛然想起之前谭大师告诉他，晚上的重要客人里就有大明星，马上换了一副巴结的嘴脸：“对不起，刚才您的风采实在是太闪亮，直接就闪瞎了我的狗眼！不好意思，主要也是您一口一个‘家明’，我还以为您在说别人呢。”

“明星都是这样称呼自己的，这叫范儿！”小蝴蝶友好地给封不平进行科普。

“您是来用膳的吧？哎，你，带明星去包厢，好好招呼。”

小蝴蝶高兴地答应着，家明冷哼一声，一甩脖子，像骄傲的孔雀一样走到前面，左右看了看，直接进了“金”字房。小蝴蝶急忙跟了进去，关上门。

狗狗还在兴奋地挥动拳头，封不平瞪他一眼，狗狗马上住手，老老实实地回到“土”字房，也把门关上了。

封不平站在原地没动，他脑子现在有点乱，从今天早上到现在，接二连三发生的事情太多，先是大厨拉着全部服务员炒了他的鱿鱼；接着一向老实巴交说话分贝不超过20的夏有米居然砸了他的招牌；再接着，莫妮卡来了，带着满满一箱子钞票，也带来了难题，打了封不平一个措手不及；后来，谭大师、大老总、土大款、大明星、莫名其妙的应聘者，全都赶巧似的在今天聚在了“天人一”。

难道说是“天人一”气数未尽，绝处逢生？封不平皱眉思考着，凭着他这么多年在生意场上打滚的经验，他感觉自己嗅到了一丝危险的气味，但这危险到底来自于谁？莫妮卡？还是谭大师带来的大老总？或是那个满嘴粗话的土大款？封不平猜不出来，也不想猜，他只警告自己——山雨欲来风满楼，小心为上！

三、16：36　火眼金睛

话说家明进了“金”字房，才发现里面早坐了一位全身名牌、披挂满脸匪气的男人，想退出，又觉得有失面子，干脆装作没看见，一屁股坐到男人对面。

小蝴蝶跟上来递上菜单。

家明眼都不抬：“家明从来不用看单子，最贵的茶，来一壶。”

一听这话，进门就看他不顺眼的蔡哥不服气了，叫住小蝴蝶：“刚才我点的不要了，所有茶，每样来一壶！”

蔡哥扬扬得意地冲家明冷笑，家明轻蔑地扫他一眼，也冷哼一声。

蔡哥盯着家明，口形明显，却无声地说："娘炮！"

家明倒沉得住气，脸色不变，用同样的方式回击道："土鳖！"

"啪！"蔡哥勃然大怒，一拍桌子站起来，顺手抄起一个茶杯朝家明扔了过去。

他哪能料到家明是功夫明星，虽然只是些花拳绣腿，身手却是最灵活不过，一偏头就躲过了茶杯，脚下一勾一踹，一把椅子向蔡哥直飞过去。

蔡哥躲闪不及，给撞了个四脚朝天平沙落雁式。

小蝴蝶急忙上去扶蔡哥起来："哎哟哟，这是怎么话说的？都是大老板，都是贵客，君子动口不动手，都请坐、请坐。"

家明气哼哼坐下，蔡哥知道手上占不了便宜，也不愿输了气场，也哼一声坐下，刚一碰到椅面，屁股顿时痛得他想骂人，咬牙生生忍住。

小蝴蝶看在眼里心中暗笑，原来是虚张声势的纸老虎。她走到旁边的餐柜假装放菜单，悄悄拉开抽屉抽出一个塑料袋，迅速地把一个礼品裹起来，那是刚才，她借着扶蔡哥的时候从他身上"顺"来的。把塑料袋捏在手里，小蝴蝶走了出去，关门转身。

"里边怎么回事？"

小蝴蝶吓得一哆嗦，一看竟是封不平一直守在门外偷听。

"没事、没事。"

"你手里是什么东西？"

"没，没什么，刚收的垃圾。"小蝴蝶一边说，一边装作若无其事地把那一包东西扔到了一旁的垃圾桶。

封不平伸手从她手里抽出写好的单子："行了，你去门口领位吧。"

小蝴蝶无奈地答应着朝大门走去。

封不平看着小蝴蝶的背影拐过了门口的屏风，再看手里的单子，居然全是茶，每样一壶，妈的，属鲸鱼的？这么能喝？耳中听得一串高跟鞋踩在大理石地砖上清脆的"嗒嗒"声，封不平听出来，那是莫妮卡的脚步声，她正向着这边过来了。几秒钟的迟疑后，封不平决定避开她，便闪身躲到旁边一根粗大的柱子后面，小心地窥探着。

莫妮卡拎着箱子施施然走来，左顾右盼，神情颇为悠闲，看来她这番查探，对“天人一”的布局设施还算满意。她转向包厢外环状的走廊，封不平赶紧绕着柱子躲到另一边，莫妮卡似乎没有发现，顺着走廊走去。

封不平躲在柱子后面听着莫妮卡悠闲的脚步声，脚步声突然停了。等了一会儿，封不平从柱子后面探出头来，走廊上已经不见了莫妮卡的影踪，他有点疑惑，这环状的走廊，除了包厢，就是另一边在他视线内的出口，但莫妮卡并没有从那里出去，就像是凭空消失了。

“金”字房里有蔡哥和功夫明星，“木”字房里有谭大师和大老总，“土”字房有狗狗……封不平一边想着，一边走到“火”字房前，推开门，屋里没有人，这下更疑惑了，他关上门，匆匆向厨房去了。

小蝴蝶从门口的屏风后闪了出来，刚才她一拐过屏风立刻就小心地隐蔽起来，悄悄地观察着大堂中的情况。封不平藏在柱子后面躲莫妮卡的情形全都落在她的眼里，她只是不清楚，明明看到莫妮卡走进了“火”字房，为什么封不平推开门的时候里面居然会没有人，这一点让小蝴蝶很是纳闷。

但此刻她有更重要的事要先解决，她蹑手蹑脚走进大堂，左右看了看，安静得就像她刚来的时候一样，禁不住心中一喜，那只装着她顺出来的宝贝的垃圾桶就在眼前，迈步就要过去，肩头却被人猛地一拍！

“妈呀！”小蝴蝶吓得不轻，惊惶地回头。

站在她面前的是一老两少，二男一女，正是老梅、小梅和小柯三人。老梅的手还伸着，显然他也被小蝴蝶夸张的反应给惊住了，不过不愧是老刑警，很快就镇定下来，收回手，审视地看着小蝴蝶。

“你们……吃饭的？”

“你是服务员？”老梅问道。

“……对。”

“你来这里不会超过24小时！”

小蝴蝶惊恐地看着老梅，不由自主地问：“你怎么知道？”

老梅对自己的判断很满意，威严地说："还愣着干什么？带我们去包厢。"

"哦，"小蝴蝶摸不透眼前这位威严的老者是什么来路，硬着头皮在前面带路，"跟我来吧。"

也不知是不是被老梅精准的观察力和判断力震慑住了，小蝴蝶脑子里一阵晕乎，鬼使神差的，推开了"火"字房的门。

"啊——"又是两声惊呼同时响起。

发出惊呼的是小蝴蝶和刚才凭空消失的莫妮卡，此时莫妮卡的造型十分独特，她以金鸡独立的姿势站在桌上，仰头对着头上的吊灯不知在看什么，倒是那两条明晃晃的玉腿格外的醒目，脚边那只银色的箱子也是光彩熠熠。

小梅立刻抬手捂住小柯的眼睛。

"我没没没没没看见。"

小梅斜他一眼，问小蝴蝶："这怎么回事啊？"

"对不起，我不知道有人。"

"对不起，我马上出去。"

小蝴蝶和莫妮卡几乎是同时回答，两人惊讶地对视一眼，都露出疑惑的神色。

"灯坏了……我在修。"莫妮卡想了想说。

老梅不动声色地看着她。

"你……不是我们那后勤吗？"小蝴蝶决定赌一把。

"对对对。"莫妮卡忙回应，马上跳下桌子，提起箱子，"已经修好了，拜拜！"

小蝴蝶急忙招呼："二位请坐吧。"

老梅走到主座上坐下，小梅拉着小柯想挨着坐，老梅咳嗽一声，小梅只好不情不愿地走到老梅另一边坐下。

"你们喝点什么茶？"小蝴蝶心不在焉地问着，她想赶紧打发了这几个人，去取垃圾桶里的东西，这会儿大堂里没人，正是机会。

"拿菜单，直接点菜！"老梅依然威严。

小蝴蝶暗暗咬牙，无奈地拿起旁边餐柜上的菜单，递到老梅面前。

四、16：43 土大款、大明星、小女贼

出了“火”字房，小蝴蝶默默给自己打气，贼不走空！

她还从来没遇上过这么麻烦的买卖，这地方，有鬼！她关上门，谨慎地观察一番，大堂里依然没人——这饭馆可不是有鬼吗？到现在就只有自己一个服务员，还是冒牌的。

小蝴蝶赶紧走到“金”字房门边蹲下，刚向垃圾桶伸出手，就听到身后传来开门声，吓得她立马起身，朝厨房的方向走。

小蝴蝶走到厨房门口，探头朝里一看，大厨和老板都在，再回头看大堂，“木”字房里出来一个老头，往“金”字房去，把那个一脸匪气的土大款叫了出来。

小蝴蝶把手里的餐单随手扔了，她可不想管什么炒菜的事，只是现在东西取不到，也没地方躲，只好小心翼翼转回到走廊拐角，密切留意着大堂里的动静，心里暗暗发誓：祖师爷，干完这一票我坚决洗手不干了，不是我小蝴蝶不忠心，实在是今天这事太离谱、太见鬼、太莫名其妙了，你行行好，保佑我今天别失手，回去我给你烧高香。

也不知道做贼的平时敬的哪门子祖师爷，反正小蝴蝶是下了决心，耐心地等着。

把蔡哥叫出来的正是谭大师，他凑在蔡哥耳边，低声嘱咐：“等会儿进去，直奔主题，该说的说，不该说的不说，大老总不喜欢废话。”

“什么该说？什么不该说？你教教我。”

“首先，也是最重要的一条，别动不动提你有钱的事，知道吗？没人爱听。”

蔡哥心领神会，也压低调门，附和着：“哎，有钱归有钱，但是这事今天

咱不能提……”

谭大师赞许地点点头，接着说：“其次，你可以说，我一直很敬仰您，很想结识您老人家。”

蔡哥认真地练习了几遍，算是勉强记下了。

“嗯，等到谈得入港，发现人家不反感你了，就可以开门见山了。记住了吗？”

蔡哥嘴里默默念叨着，点了点头。

谭大师拍拍他的肩，像送别上战场的士兵，鼓励地说：“去吧。我看好你哟。”

看着蔡哥进了“木”字房，谭大师再次推开“金”字房的门，走了进去。

小蝴蝶一看，机会来了，立刻小跑着过去，蹲下，伸手在垃圾桶里正寻摸，“木”字房的门又开了，她吓得魂飞魄散，头也不敢回，直直地往走廊另一头走去。

出来的是小蕾和小蕊，她俩赶鸭子上架，硬着头皮表演了一套破绽百出的功夫茶，还好，大老总和谭大师专心在谈国学，谁也没注意，她俩自己倒是因为心虚给累得够戗，可见，作假这件事，不管高不高明，总是会有副作用的。

还好刚才进去的那位蔡哥叫她们走，不然，她们还得继续演下去。正往大门外走，狗狗悄悄从“土”字房里溜出来叫住她俩。

“哎，知道不？咱店里来了个大明星！”狗狗兴奋地说。

刚才他一直从监控上注意着家明，看到了家明踹蔡哥的那一脚，佩服得不行，确实是功夫明星啊，身手那叫利落、漂亮，不像自己除了抱起来狠摔没有别的招儿，这就是差距啊。

“什么明星？”

“最近电视上老放那个什么片儿来着，哦，苍天有眼，里面那位大侠！”

“啊？家明？在哪儿呢？”小蕾和小蕊惊喜地叫起来。

狗狗指了指“金”字房：“嘘，小点声，我叔说了，今天来的都是贵客，现在这店里就咱们几个，谁是不是真的忠心，就看今天晚上这一哆嗦了！”

小蕾和小蕊对看一眼，撇着嘴走了。

“木”字房里，大老总招呼蔡哥在对面椅子上坐下，和蔼可亲地说：“小蔡同志是做什么工作的？”

“开矿。”说着，蔡哥起身隔着桌子凑近大老总，在嘴巴前竖起一根手指，“嘘，钱呐咱有的是，咱这纸内裤都是 LV 的，咱家里那马桶都是黄花梨的——但咱有钱这事……”

他神秘兮兮地左右看了看，就像这房间里还有其他人，搞得大老总也紧张起来，顺着他的目光也左右看了看。

“咱有钱这事啊，今儿不能提！”

大老总一愣，不解地看着他。

说完这番话，蔡哥好像轻松了很多，一屁股坐回椅子上，说：“对了，其实您一直很敬仰我，我一直打算劫持您！”

大老总大惊失色，一下子站了起来：“劫持！”

蔡哥急忙站起来，懊恼地抽自己两个耳光：“结识！结识！大老总，见到您我太激动，给说瓢了。”

大老总瞠目结舌地看着他，室内的气氛一下子尴尬无比。

看到小蕾和小蕊留下的茶具，蔡哥急中生智，一拍脑袋：“他妈的这个我会呀！大老总，您请坐，看我表演一套功夫茶给您欣赏欣赏。”

说完蔡哥挽起袖子就操作起来，大老总半信半疑地看着，又慢慢地坐了回去。

在隔壁的“金”字房，功夫明星家明正在向谭大师诉苦。

“唉，这两年家明的事业发展不顺，连着几部电影都被观众骂得狗血喷头，哎哟哟，你不知道骂得有多难听，他们骂我脑残耶。”

“太好了！”

家明一愣。

“说你脑残，他们就会产生优越感，会觉得自己是在居高临下地围观你，就像看耍猴儿，娱乐嘛，不用太认真，有人骂也是一种人气。”

“可是，家明觉得一定是家明这个名字出了问题。家明家明，只有在家里才是明星，出门都没有人认得。所以……”他从手袋里取出一个颇有点厚度的红包推到谭大师面前，“家明想请您给家明重新起个名字，改改运。”

谭大师眯起眼睛思量着，对桌上的红包假装没看见。

做“大师”这么久，谭大师早就摸清了顾客的心理需要，要是钱一拿出来立刻就收下，顾客心里就会产生反感，觉得你这个人见钱眼开特别俗气，进而会怀疑你的人格和你的专业，这时候你再怎么说，顾客都不会相信。

反过来当时不收，拖上一拖，把顾客的情绪给吊起来，就像男女调情，最激动人心的是欲拒还迎的阶段，这样顾客才摸不透你的心思，甚至觉得你淡泊名利，视钱财如粪土，绝对是修为深厚的高人，到这时随便怎么编，就是把一头猪说成是顾客的亲爹，他都会深信不疑。

就这么过了好一阵，觉得时间差不多够了，谭大师才开口道：“星座？血型？”

“金牛座，B 型血。”

谭大师微微睁开眼：“金牛座，B 型血……哦，原来你就是传说中的金牛 B？”

家明讶然：牛 B？

“生辰八字带了吗？”

家明赶紧从手袋里取出一张纸，展开摊平，放在桌上推了过去。

谭大师稍稍坐直一些，接过纸，顺手把红包揣进兜里。

果然如他所料，看他收了红包，家明暗暗舒了一口气。眼光在纸上一扫，谭大师登时睁大眼睛，倒吸一口凉气，连连摇头。

“哎呀，家明，你的八字真是万中无一，百年不遇，太少见，太稀有了！”

家明顿时紧张起来：“这话是怎么说的？”

“你是五行缺五行啊！”

“什么?”

谭大师把纸往桌上一拍，显得很激动：“没错，有的人五行缺金，有的人五行缺木，你呢？五行里缺金木水火土!”

愣了好一会儿，家明才明白过来：“就是说，家明缺全乎了对不?”

显然这样奇特的八字让谭大师都叹为观止，只能摇头叹道：“家明啊，你太缺啦!”

这一悲剧的现实给了家明沉重的打击，他茫然无措地看着谭大师，眼中泪光闪烁，像只受伤的小白兔，那样子实在太可怜，谭大师都不忍见，只好又眯上眼睛。

“大师，你比我爸妈都了解我，我都缺得不行不行的了!”

这么坦白的自我认识，差点让谭大师破功笑场，还好是久经战阵，面上依然是如古井无波一样的平静。

“大师你就赶紧给家明重新起个名字吧!”

谭大师闻言睁开眼，起身走了两步，一会儿捻动佛珠，一会儿闭目沉思。突然，他一伸手：“快，拿纸笔，有灵感了!”

家明赶紧摸自己的手袋，想起自己根本不带纸笔，反应倒快，马上抓过旁边餐柜上的点菜夹，取下纸笔递给谭大师。

谭大师接过，在纸上刷刷刷飞快地写着，写完，把笔丢开，心满意足地长舒一口气。

家明拿过来一看，纸上写着歪歪扭扭三个字——金灶沐!

“这……啥意思啊?”

“家明啊，你缺啥?”

“啥都缺啊。”

“你再仔细看看，这一个名字，囊括五行!”

功夫明星又仔细看了一遍，顿时感动得泪花花直闪：“大师，太伟大了!家明好喜欢这个名字，那我改了这个名儿，啥时候能再火一回?”

“等我推一下啊，准确的说……”谭大师拿过那张纸，一边装作掐算，一边悄悄把用蜡封在指甲里的黄磷挑开，“应该是在明年的十月？十一月？十二月？”

说话间谭大师手下用劲一拈，写着家明新名字的那张纸“嘭”地烧了起来。

“天意啊，天意！”谭大师指着落在桌上迅速烧尽的那张纸，“灶沐啊，2012年12月你必火无疑！”

家明，不，金灶沐看着桌上燃尽的纸灰，惊呆了。

谭大师潇洒地捻着佛珠，打开门扬长而去。

金灶沐痴痴地算着：“2012年，12月……世界末日?！说什么呀，这能不能信啊?”

第六章

一、16：50　莫妮卡的失策

要说命这种东西有没有人信，别人不知道，至少有一个人是不信的，那就是“天人一”最忠心的狗腿子——狗狗。

狗狗从来不信算命这样玄乎的东西，不是他脑子太简单不能理解那些虚玄的解释说明，而是他有自己的人生信条。这个信条对他非常的重要，哪怕别人嘲笑他和封不平只是相隔三千里地的“老乡”，哪怕他就算把族谱往前翻八辈，他和封不平都没有一丝一毫的关系，他也坚信这一点——跟着封叔，有肉吃。

狗腿子不可怕，可怕的是忠心耿耿的狗腿子。

莫妮卡显然并没有认识到这一点，她以为像对付别的男人那样来对付这个憨傻的保安肯定游刃有余，事实证明她错了。

当她进入“土”字房，带着神秘的微笑，用双臂压在狗狗肩上，娇滴滴地问他店里的录像资料是不是都是他在管的时候，她看到了狗狗眼中猎狗一般的警觉。

果然，狗狗把她的胳膊甩开：“你问这干吗？”

莫妮卡没想到狗狗竟然会这么粗鲁地对她，立刻拉下脸：“你知不知道我是你未来的老板。”

狗狗送她一个白眼："我只认我现在的老板，你给我出去。"

莫妮卡很后悔没在出门的时候翻翻黄历，今天到底是个什么样的倒霉日子？"天人一"是什么样不正常的地方？她，莫妮卡，一个鲜活水灵的大美女，在这个快要关门大吉的饭馆里，居然连续遭到大厨和保安两个人的冷漠对待！

眼珠一转，莫妮卡决定换个招术，她轻轻拉了拉本来就开得很低的领口，嘴里娇嗔地说："哎呀，你们这里冷气很欠缺的呀，so hot……"

"你真热？"狗狗诧异地看着她。

"好热……"莫妮卡媚眼如丝地盯着狗狗。

"啪——"

满满一杯凉茶兜头泼了莫妮卡一脸！

莫妮卡艰难地睁开眼，难以置信这种事情居然真实地发生在自己身上，泼自己凉水的居然还是一个丑巴巴的傻保安！

"你……你居然泼我？"

狗狗十分的坦然："你不是热吗？帮你凉快凉快。"

莫妮卡愤怒地拨掉黏在脸上的茶叶，气冲冲地摔门而去。

狗狗不屑地撇着嘴："哼，叔说的没错，漂亮的女人都危险，上来就想占我便宜，我得小心我青春的肉体。"

还好莫妮卡走了，不然听到这句话肺都要气炸。她一扭一扭快步走进卫生间，扯过一把擦手的纸巾，把身上的茶水擦净，突然，她想到了什么，回头警惕地观察。

女用卫生间不大，分出两个隔间，一间门开着，另一间锁着。

莫妮卡弯下腰，透过隔间门下一掌宽的空隙往里看，没看到有人，心想可能是饭馆节省使用锁上的，当下推开空的那间，进去，上锁，坐到马桶上，抱着箱子，摸出手机来拨号。

原本在计划里，不到万不得已是不会给"那个人"打电话的，谁料想居然会这么不顺。

电话通了，莫妮卡谨慎地压低声音说：“情报没有错，确实有监控，不过东西还没找到，有点扎手……”

电话那头的人物显然表达了不满，莫妮卡忙说：“是是是，你别担心，我已经有了一个新的办法，我先让他拿到钱……嗯，然后再顺藤摸瓜！OK。”

挂上电话，莫妮卡脸上又恢复了成竹在胸的表情，站起身拉开门，昂首挺胸地走了出去。

洗手台设置在男女厕所共用的走道里，莫妮卡洗了手，对着镜子仔细地看了看，发现发梢上还夹着一片茶叶，她嫌恶地把茶叶扯掉，再抬头，镜子里出现了谭大师那双色迷迷的眼。

莫妮卡对着镜子里的谭大师微微一笑，扭身就走。她打心眼里讨厌这个男人那副见着鱼腥的馋猫嘴脸，依她的性子，早就动手教训人了，只是今天她有更重要的事要处理，还是少惹是非为妙。

“小姐，小姐！”

人不找事事要找人。莫妮卡假装没有听见，谭大师却抢上一步挡在她身前，带着令人反感的微笑说：“我们是不是在哪儿见过？”

莫妮卡双手抱胸，嘲讽地说：“您见了漂亮姑娘都是这么搭讪吗？谭大师？”

“你认识我？”谭大师十分惊喜，认识他，事情不就好办了？

“你不是天天在电视里白话吗？幸福与贫富无关，与内心相连……对不对？大名鼎鼎的文化大师？”

“什么大师啊，不敢当不敢当。”谭大师一边露出习惯的谦虚的笑容，一边掏出一张名片递到莫妮卡手里，“这是我的名片，欢迎你随时给我打电话，那个，小姐方便给我留个电话吗？”

莫妮卡把名片拿在手上翻来覆去地看了看，谭大师耐心地等着，他觉得很有希望，既然知道他的身份，还有什么理由拒绝呢？

莫妮卡一抬手，谭大师心头暗喜，就觉得眼前一花——莫妮卡把那张名片插在了他的眼镜框上。

“……这个？”

“方便的时候一定给您留。”莫妮卡妩媚地一笑，顺手在谭大师脸上摸了一把，扭着腰肢走了。

谭大师愣了半分钟，才回过神来，忍不住抚上刚才莫妮卡摸过的那边脸，似乎还能感受到美女掌上的体温和诱人的香味，一抹沉醉的微笑浮上谭大师泛着油光的脸，他转身推开卫生间的门，却不料里面响起一个女人的尖叫，吓得他赶紧回头跑进对面的男厕所。

过一会儿，小蝴蝶从女厕所里探出头来，确定莫妮卡已经走远没有听到她的尖叫声，才捂着胸口出来。刚才，她正躲在厕所里思考下一步该怎么办，听到莫妮卡的高跟鞋响，情急之下放下马桶盖盘腿坐了上去，却无意中听到莫妮卡在跟什么人物商量一件看来很诡秘的事。

不管莫妮卡要找的东西是什么，要对付的人是谁，自己浑水摸鱼总是没错的，刚才偷听到的谈话里，有一个最关键的词——钱！怪不得那个女人走到哪里都提着那只小箱子，钱肯定就放在里面！

现在她可以暂时放下垃圾桶里的那个东西，盯紧莫妮卡和封不平！小蝴蝶一边想着，一边快步向大堂走去。

二、17：14　浴油烟而重生的天才

厨房里，弥漫着油烟味、炒菜和炖肉的香气，夏有米挥汗如雨地在大锅里舞动着大勺，随手拿起旁边的各种调味料就往锅里撒，锅里一盘颜色模糊的菜，勉强认得出似乎是萝卜丁。

一堆调料瓶里，被大厨动过手脚的那个味精瓶子还是满满的，没有使用过。

“哎，行了吗？”封不平在旁边焦急地问。

夏有米却好像没有听见，嘴里放声高歌：“孤独站在这灶台，听到炒菜声

响起来，我的心中有无限感慨——”

封不平心头像有一百只猫爪子在挠，就是不敢催这尊活菩萨，得罪了他，自己现在上哪儿找一个会做菜的去？

就从刚才他进来递了个菜单子，就被夏有米留在了厨房当起了二厨，帮忙拿盘子、洗菜、改料、摆盘，弄得他也一头的乌烟瘴气。当了这么久的老板，他第一次在自家的厨房里待了这么长的时间！

眼看着，夏有米做菜做得兴致高昂，渐入物我两忘的境界，封不平只能安慰自己，好歹操作台上已经摆出了好几样成品，不管味道怎么样，至少看上去卖相还是不错的，红红白白，青青绿绿，乍一看，还是挺唬人的。

封不平最忧心的就是夏有米现在做的这一道——极品至尊皇家萝卜王。这可是“天人一”的招牌，大金主莫妮卡点名要尝的菜，今天这单生意成不成，就靠它了。看看夏有米像艺术家似的挥洒着各种调料，封不平的心也跟着夏有米挥洒的动作一揪一揪一揪……

终于，夏有米放下大勺，转身激动地在操作台旁转悠。

“你找啥？”

夏有米也不答，突然两眼放光，噌噌噌跑到碗柜边，捧出一个大盘子，又喜笑颜开地跑回来，把锅里的萝卜小心翼翼地盛到盘子里。

封不平实在没看出来那个大盘子和刚才盛菜的那些盘子有什么区别，一样的白瓷青花，描线金边，不懂为什么夏有米就跟见了宝贝似的，他凑上去，想问问是不是可以去叫莫妮卡来尝菜了，却被夏有米一把推开。

夏有米把自己鼓捣出来的那几盘热菜、凉菜摆在一起，抄起一双筷子，挨个尝了起来，每尝一个就忍不住发出赞叹陶醉的声音。

“啊！好吃！太好吃了！苍天啊，大地啊！这到底是谁做的啊？天才，我是个天才！”

封不平实在看不下去，上前拍拍他的肩膀，想阻止他的自我膨胀，谁知夏有米回身紧紧抱住他，激动万分：“兄弟，谢谢你！你是我的亲爹啊！”

“到底是兄弟还是亲爹？”

夏有米没有理会这中间的伦理关系，感慨万千地说：“兄弟，我四十六了，活到今儿下午才找到了我活着的意义，我人生的重要价值，你让我发现了我以前、现在，甚至一生都愿意从事的事业，原来我的人生……”

他仰起头，张开双臂，似乎有满腔的激情要抒发，又似乎千言万语都不能言说此刻他心中的汹涌澎湃。

望了半天天花板，他低下头，看着封不平，感动地说：“人生，原来如此美好，懂我吗？”

封不平忙不迭的点头：“懂懂懂，特别地懂……”

不等他说完，夏有米一把把他拉到那几盘菜前，自豪地说：“你看看，比你们原来的大厨做的咋样？”

“不错！”

对封不平的回答夏有米很满意，他搂住封不平的肩膀，特别诚恳地说：“我跟你说，你这饭馆好啊，好东西真多，你冰箱里所有值钱的玩意儿我都用上了，鸡鸭鱼肉猴头燕窝熬成一锅汤，再用这汤把萝卜先煮后蒸再炖再炒，现在可以说是入口即化妙不可言……”

他抓过一双筷子，硬塞进封不平的手里，大方地邀请：“来来，尝尝！”

封不平刚想放下筷子，双手就被夏有米死死地抓住，他吓了一跳，又怎么了？

夏有米眼中带泪，感激而真诚地看着盯着封不平的眼睛，说：“知遇之恩啊！再生父母啊，兄弟，我老虾米重返厨坛的处女尝必须献给你！”

“松手，你松手！”封不平急了，拼命挣扎，“我给你找那个妖精娘们儿去，让她来尝！”

“不行不行，是你激发了我的第二次生命，必须是你来尝！”

“我尝了没用……”

“有用，绝对有用！你一定会感动的，这是我人生的精华……”

“这事儿得她说了算！”

封不平大吼一声，挣脱夏有米的掌控，转身逃一般冲出了厨房。

他边逃边抹汗。太可怕了，老虾米平时在家到底遭受什么样非人的对待，炒个菜就把他激动成了这样，心里到底有多压抑啊？女人实在是危险，非常危险！

三、17：15　闪瞎了眼的钞票

刚跑进大堂，封不平迎面遇上了拎着小箱子左顾右盼的莫妮卡。

"莫小姐！"

"封老板！"

两人齐声喊道。

"极品至尊皇家萝卜王已经做好了，您去尝尝？"封不平忙说。

"不用了，我们找个地方谈谈吧。"

封不平一愣，马上说："啊，那行，去我的办公室吧。"

之前那么明确地要求吃到这道招牌菜才签合同，现在菜做好了，又不吃，封不平摸不透莫妮卡葫芦里到底卖的什么药。他心中暗暗琢磨着，把莫妮卡领进了"土"字房斜对着的办公室。

关上门，封不平又笑着试探："您不是点名要吃这道极品至尊皇家萝卜王吗？怎么又不想吃了？"

"不必了。经过一下午的考察，我对天人一的软硬件都非常认可。吃不吃那道菜并不重要，那只是我一个小小的考验，你们已经过关了——来吧，我们直接签合同吧。"

莫妮卡把银色的小箱子放上桌，啪啪两下打开密码锁，打开箱盖，推到封不平面前。

封不平看看莫妮卡，把箱子转过来，再次看到那一箱码得满满的红色钞票，还是忍不住一阵激动。他把手伸进箱子摸了摸，感受着纸币独有的触感，又抬眼看看莫妮卡，似乎在确定这是不是她的真实想法。

莫妮卡微笑着冲他点了点头。

封不平一下子眉开眼笑，一把把箱子抱在怀里。

两个各怀心事的人，谁也没注意到办公室门外，小蝴蝶那双狡黠的眼睛正密切监视着他们，那满满一箱钞票也同样差点闪瞎了她的眼睛。自己果然明智，放弃那个可怜的小礼品包，转而盯上这条大鱼！

小蝴蝶对自己的选择非常自得。看见封不平和莫妮卡分别在合同上签了字，封不平合上箱子，和莫妮卡说了几句什么，才拎着箱子转身向门口走来。小蝴蝶迅速闪身躲到走廊的柱子后，小心地窥视。

封不平此时手里拎着满满一箱钞票，想到燃眉之急总算解决了，一腔心思都在钱上，低头出了办公室，匆匆向走廊走去，根本没注意到柱子后面，小蝴蝶正慢慢绕着柱子回避他。他低着头急急走到“水”字房门口，推开门，看看无人，马上进房，关上了门。

小蝴蝶蹑手蹑脚地走到“水”字房外的柱子后面，却也没想到，螳螂捕蝉，黄雀在后，在她身后，莫妮卡的一双眼睛也正把她和封不平的一举一动都看在眼里。

不多时，封不平空着手从“水”字房里出来。小蝴蝶赶紧贴着柱子藏好，莫妮卡也一闪身退回封不平的办公室里。

封不平匆匆回到办公室，莫妮卡还等着他。

“您看，真没想到今天会这么顺利，我的东西都还没收呢。”

“没事，不急，你忙吧，我再转转。”

“行、行，要不等下我叫大厨再烧几个好菜，我们一起吃顿饭，也算庆祝合作愉快。”

“封老板你真是太热情了，那我等着了。”

莫妮卡巧笑嫣然地出了办公室，顺手帮封不平关上门。门一关，她的神情立刻变得冷峻干练，快步走到走廊，刚才那个鬼鬼祟祟的服务员已经不见了，看来，她已经动手了。

推开“水”字房的门，闪身进去，房里没有人，莫妮卡倒并不惊讶。刚才她看到封不平进了房，再出来箱子已经没了，这个房间里必定有暗门，只是，暗门藏在什么地方呢？她关上门，围着屋子，仔细地观察起来。

四、17：25　别有洞天

莫妮卡没有猜错，“水”字房中确实有暗门。

在封不平回到办公室后，小蝴蝶就抢先进了“水”字房，房中和其他几间包厢差不多，桌、椅、餐柜，装钱的箱子肯定不可能放在人人都可以拿到的餐柜里，一定有别的机关。小蝴蝶最终把目光集中在了靠着西墙摆放的那个佛龛上。

佛龛做得很精美，一尊大肚弥勒佛雕刻得栩栩如生。小蝴蝶凑近了仔细观察，就是看不出哪里异样，心里着急，再见弥勒佛张着大嘴，就像在笑她笨。

小蝴蝶冲弥勒佛瞪了瞪眼，突然发现，弥勒佛的肚子，似乎特别光滑，特别亮，似乎经常被人触摸。她皱着眉想了想，试探着把手掌放到弥勒佛肚子上，轻轻一按，只听见“咔嗒”一声，佛龛旁的墙突然转开，露出一条暗道来。

“耶!”小蝴蝶比了一个胜利的手势，一抬脚钻了进去。

小蝴蝶的身影消失在暗道里，佛龛旁的暗门又悄无声息地合上了。

暗道内空间狭窄，只容一人通过，小蝴蝶朝里走了一段，发现一侧的夹壁上有些不大不小的缝隙透着光亮，隐隐还有人声，她轻手轻脚走过去，凑到一条较大的缝隙上向里观看。

屋里坐着三个人，小蝴蝶认得，正是她负责接待的那一老两少、二男一女一行三人，她明白过来，这条暗道就是围着这几个包厢建起来的一条夹壁墙，夹壁都是用的木板，才会留下这些大大小小的缝隙，既透了光，也造就了暗中窥探的条件。

这种偷窥他人刺激的快感，让小蝴蝶暂时忘了进入暗道的初衷，她小心翼翼把眼睛贴在板缝儿上，紧张地向里偷看。

这三人正是老梅、小梅和小柯。

老梅坐在主位上，面色严肃，喝了一口茶，发现杯子已经空了。小柯急忙站起来给他添上热水，又恭恭敬敬地坐回原位。

小梅一脸的不高兴，拿着手机在玩游戏，从游戏声里，小蝴蝶听出来是最近很流行的一款叫“愤怒的小鸟”的游戏，她也爱玩这款游戏，特别喜欢后面几关的大鸟，一飞出去，势大力沉，砸塌一大片，感觉特别过瘾。

不过小梅现在肯定是没有享受游戏的心情，她手指头在手机屏幕上机械地画来画去，眼睛却盯着小柯，不断地向他递眼色，叫他跟老梅摊牌。

小柯心里那叫一个急，他本来就结巴，老梅一见面就给了他一记下马威，现在他一看到老梅那张严肃的脸就觉得肝颤，更别提跟他说话了，一张小脸发白，嘴唇打着颤，就是开不了口。

小梅看不下去，重重地咳嗽一声。

“嗓子痒就多喝水。”老梅沉声说。

小梅瞪了小柯一眼，赌气般地拼命划拉手指头，手机里响起一阵阵愤怒的鸟叫声。

小柯深吸一口气，颤声说：“叔、叔叔，我今天请您您您您您您吃饭，就是想跟您报告下我和小小小小小小梅的事。”

“嗯。”

“我我跟小梅交往这这这么长时间了，分分分分分……”

“分了就好。”

“爸!”

小柯抹了抹额上的汗，他很有站起来就走的冲动，早知道老梅这么难对付，他就该少一点和小梅卿卿我我的时间，多收集些资料，好好研究下对策。

现在，他只觉得屁股底下都是尖刺，坐立不安，好不容易鼓起开口的勇气，都被老梅一句“分了就好”给击碎了，他求救般地看向小梅，却正对上小梅哀怨的可怜巴巴的眼神。

小柯心里一酸，小梅难过就是他难过，要想让小梅好过，就必须拿出不怕牺牲的精神战胜老梅！

不！绝不能这个时候退缩！

小柯想起，刚和小梅好上的时候，小梅小鸟一样偎在他怀里，柔声问他以后会怎么对她好，他当时就说，就算自己口袋里只剩十块钱，也要留8块给她，自己只要有两块钱坐公交回家就行，实在不行，十块全留给她，自己走着回去。小梅为这一句话感动得直哭。其实这句话是他在杂志小说里看到的，但小梅一哭却让他涌上了一股再也挥不去的责任感，事到如今，万事俱备，只欠最后一哆嗦，豁出去了！

“我和小梅分不分手不是您一句话的事儿！”

竟然顺利地没有一个磕巴地说完一整句话，小柯自己都呆了，小梅更是感动得眼里闪泪花，嘴里无声地说：“加油！”

老梅依然云淡风清地喝口茶：“说，接着说。”“我跟小梅是瓜离不开秧，鱼离不开……开水。”

“那鱼早就烫死了。”

现在连夹壁墙里的小蝴蝶都泄气了——凭你这副怂样，就想从这个可怕的老头儿手里抢走他的女儿？别做梦啦，赶紧回家洗洗睡吧！

老梅看着一脸懊恼的小柯，沉声问：“你到底想说什么？”

“实不相瞒，我们俩已经已经已经……”

老梅眉毛一挑，目光凌厉地刺向小柯。

好样儿的！小蝴蝶忍不住暗暗叫好，看不出来这小子畏畏缩缩磕磕巴巴的，倒是很懂先下手为强这一套爱情实战法则嘛，嗯，就这么干，我看好你！

“已经领证了，我已经是他的人了，”小梅把手机拍在桌上，对着小柯，“等你说话太费劲……”又转头对着老梅，“你爱怎么着怎么着吧。”

嘿，这姑娘不错，有魄力！小蝴蝶此时已经全心投入，要不是隔着一道墙，她真想拥抱小梅。

老梅微微一笑："有点意思。不愧是我闺女，翅膀硬了，敢跟我这么说话了。"

"这是你逼的。"小梅理直气壮。

"什么时候领的？"

"昨天。"

"去哪儿领的？"

"西城民政局。"

老梅听了没有做声，垂着眼皮，辨不清他是悲是怒。

有了小梅的表现，小柯胆子顿时壮了许多，他挑衅般地看着老梅，得意地说："拦拦拦拦拦不住了。"

"办结婚证可需要户口本啊。"老梅悠悠地开口。

小梅一脸得意："早偷出来了。"

"对对对对对对。"小柯连声附和。

"拿出来我看看。"

"您忘了我是刑警的女儿。"小梅一边得意地说，一边冲小柯使了个眼色。

这句话无异于一个惊雷在小蝴蝶的头顶炸响，刑警?！天啊，这个破店到底是哪路神仙的分舵啊？处处受阻，事事不顺，居然还遇上警察！

屋里小柯得意扬扬地站起来掏口袋，有户口本是真的，结婚证可真没敢领，但这时候拿出来吓吓老头子也不错！突然，他脸色一变，双手齐上，浑身上下一阵乱摸，什么都没摸出来。

老梅微笑着从那个用了二十多年的皮包里取出户口本来。

"呀！"小梅讶然。

"你忘了我是刑警女儿的父亲！"

说着，老梅一巴掌把户口本拍在桌上。

小梅愤怒地盯着老梅，小柯畏惧地看着老梅，又看看小梅，有些不知所措。

夹壁墙里的小蝴蝶感到自己背上已经流下了冷汗——这气场，这声势，果然是老刑警啊……

场面一时僵住，小柯脚下一软，坐回椅子上，脸上堆起谄媚的笑容，没话找话地说："叔叔叔叔叔……您别不开心，跟您开开开开开开个玩笑，听说您年轻的时候很很很很很厉害?"

"没错。"

小蝴蝶紧张地听着。

"想当年，我为了抓捕全城通缉的头号飞贼'大老黑'，耗了三天三夜，终于把他堵在一个死胡同里，结果……"

话到一半，老梅脸上现出一丝悲怆，好一阵不说话。

小梅冲小柯直瞪眼，小柯也有些后悔，他早听小梅说过老梅这段他不堪回首的往事，那是老梅心里的一块未曾结疤的伤，要不是刚才一时没话找话，他绝不会去提。

"唉，"老梅叹口气，语带苦涩，"要说这人生成败就在这转瞬之间呐……那家伙从此得名'飞夏利'，而我，就此成了一个残疾人。"

"那后后后来呢?"

"退居二线了，没几年，她妈也走了……"老梅自嘲地笑笑，"我这辈子，什么都不是。"

小柯看向小梅，小梅感动又歉疚地看着老梅，谁都不敢说话。

"还好，我还有我的小梅子，"说着，老梅从皮包里取出几张照片，一一列好，"今儿退休，收拾抽屉的时候，翻出这些照片，都是你的，看……这是刚生下来……满周岁……这是上小学了……初中参加合唱比赛，看这妆化的，跟猴屁股似的……还有这张，是考上大学……"

小梅和小柯跟着老梅的指点一张张照片看过去，那好像不再是一张张照片，而是一个单身的父亲，辛苦抚养女儿长大的艰难岁月，是一颗谁也不容怀疑不容轻视的父亲的心。

"小梅子，有你在，我就算没白活，是不是，我的大宝贝?"

老梅注视着小梅，眼里充满了父爱的慈祥的温暖。

小梅羞涩地笑了笑，偏头悄悄抹去眼角的泪水。

老梅看向小柯，笑着说：“现在，你倒说说看，我辛辛苦苦把闺女养这么大，你凭什么带走她？你没钱没房没车你到底有什么啊就想娶我闺女?!”

小柯羞愧而屈辱地低下了头。

夹壁墙后的小蝴蝶叹口气向前走去，她不忍心再看了，现实啊，就是一把狼牙棒，专打苦命的鸳鸯。

五、17：40 小女贼差点悔断肠

小蝴蝶继续朝前走，过了“火”字房，前面该是“木”字房了，在“木”字房的好像有那个土大款，也不知道他神神秘秘地是去见谁。

想着走着，小蝴蝶听到夹壁墙那侧传来了土大款的说话声，赶紧找了一条缝隙好奇地朝里看。

“木”字房里，蔡哥已经表演完了一套功夫茶，总算是安抚了大老总的情绪，两人又可以面对面坐下，诚恳地交谈了。

蔡哥正色说：“我认为，除了有钱有房有车之外，人生还有很多美好的、高尚的、能净化人心灵的、拿再多钱也买不到的东西，都应该去尝试一下。”

大老总露出赞许的表情，点点头，鼓励他往下说。

“比如，当官儿!”

大老总愕然。

“我想当我们村的村长!”

小蝴蝶差点笑出声，急忙捂住嘴，再看那位大老总，一口茶呛在嗓子眼儿里，好一通咳嗽。

好不容易止住咳，大老总摆摆手：“这个事情你找我没用的。”

蔡哥一脸“瞒不了我”的表情，笑嘻嘻地说：“谭大师说了，您神通广大，没有您办不了的事儿，您放心，我这个人是最公平的，绝不能让您老人家白干!”一边说，蔡哥一边伸手掏兜，掏了半天什么都没掏出来，不由得傻了。

看他掏了半天什么都没有不说，居然就傻呆呆地站着不动了，大老总心头一阵无名火，猛一拍桌子：“谭大师的说法是完全错误的，趁我没生气之前，你快走，不，给我滚!”

蔡哥吓得脚下一绊差点摔倒，跌跌撞撞地跑出去了。

夹壁墙里边的小蝴蝶是心花怒放，她当然知道蔡哥要摸什么，不过那东西早就被她空空妙手给顺走了，现在正躺在垃圾桶里睡大觉呢。她暗想，等下大件得手，再把这小包的也拿走，苍蝇再小也是块肉。正想着，蔡哥又满脸堆笑地回来了，恭恭敬敬把一个礼品包摆到桌上。

这下轮到小蝴蝶大惊失色——他怎么会找到的?

其实蔡哥也不清楚这是怎么个变故，他在大老总这儿撞了满头包，出了门狠狠踢了一脚垃圾桶撒气，哪知垃圾桶翻倒，刚才他遍摸不着的礼品包居然从垃圾桶里滑了出来，他百思不得其解，心里暗骂“见鬼了”，捡起来又赶紧回到包厢里。

大老总不解地看着桌上的礼品包。

“知道您喜欢打高尔夫，这儿有几张贵宾卡。不值什么钱，也就百八十万吧。”

“啪”，不知从哪儿传来一声轻响，蔡哥和大老总对看一眼，又环视四周，都很茫然。

夹壁墙里，小蝴蝶一手捂脸一手捂嘴，大气都不敢出。刚才她听到蔡哥报的价，才知道自己失手的竟然是这么值钱的宝贝，懊恼无比，抬手就抽了自己一个耳光，抽下去才惊觉响声会惊动屋里的人，脸上又痛，结果就搞成这样一副狼狈的样子。

妈的，那哪里是什么苍蝇，明明是块猪头肉。小蝴蝶悔恨得肠子都青了。

“上帝安拉阿弥陀佛山神土地观世音菩萨，我向你们发誓，我以后要是再来这家邪门的饭馆你们就惩罚我再也偷不到东西!”小蝴蝶似乎已经忘了她之前向祖师爷请辞再也不当小偷这回事。

大老总看了那个礼品包片刻，抬起头平静地看着蔡哥。

蔡哥期待地看着大老总。

“高尔夫球这项运动还是很健康的嘞。”大老总慢慢地说。

“是，是!”蔡哥赔着笑脸。

“绿色，环保……”

“低碳。”

“挣到钱了，是应该有一些高雅的精神追求嘛。”

蔡哥觉得大老总简直是知音:“您老人家说到我心坎儿里了。我想当村长就是为了拿地方便，咱他娘的直接建个高尔夫球场!”

小蝴蝶哀叹一声，再次向前走去。

她不知道，莫妮卡已经找到了佛龛上的机关，跟进暗道并且谨慎地隐匿了高跟鞋的声音，一步步紧跟了上来。

小蝴蝶惊喜地停住，上帝安拉阿弥陀佛山神土地观世音菩萨，你们果真显灵啦!就在她面前，暗道尽头，摆放着一个沉重的金属保险柜!她激动得想流泪，今天遇上这么多不顺遂的事儿，居然是山重水复疑无路，柳暗花明又一村!真是苍天有眼!

小蝴蝶抑制住内心的狂喜，从裤兜里摸出随身的高科技开锁工具，三下五除二就把保险柜打开，里面发出的亮光差点再一次闪瞎她的眼睛——那只放满了钞票的银色箱子就静悄悄地躺在保险柜里，旁边还有一张金色的光盘。

小蝴蝶小心翼翼地把箱子抱出来，箱子竟然没锁，盖子打开，里面红通通密匝匝的钞票让小蝴蝶忍不住抬起头无声地狂笑，正得意，突然“嗵”一声，后脑上一痛，脸上的笑容僵住，身子往旁边一歪，晕了过去。

莫妮卡冷笑着收回还抬在半空的长腿，顺势又在小蝴蝶身上踢了一脚——差点坏我的大事。

她弯下腰，伸手拿起了保险柜里那张金色光盘!

靠在墙上，莫妮卡动作敏捷地放下背包，从里面取出一台小巧的便携式

DVD，插入光盘，开机，看到屏幕上出现的画面，莫妮卡面露微笑，长舒一口气，退出光盘，慎重地放在贴身的口袋里。

东西到手，就要考虑接下来的事了，莫妮卡看也没看小蝴蝶怀里的那箱钞票，站起身顺着暗道又往回走，一边走，一边摸出手机来拨一个号码。

电话接通，莫妮卡压低嗓门说：“东西已经拿到了，下面要想法毁掉原始素材……那狗腿子保安嘴硬得很，不肯说……”

走了一阵，前面出现一条透光的缝隙，莫妮卡上去摸了摸，感觉应该是个暗门，便用力一推——

第七章

一、17：58　老板最爱突然袭击

墙壁无声地打开了，莫妮卡一步迈了出去。但当她看清屋内的状况时，心中不禁暗暗叫苦，回身想再退进去，暗门却早已悄无声息地关上了。

暗门旁边是一只大冰柜；正对面就是灶台，橘红色的火苗正把锅里的水烧得噼啪作响；屋子正中央的操作台上，砧板菜刀瓶瓶罐罐盘盏碟碗瓜果蔬菜摆放得满满当当，一个身穿围裙、头戴厨师帽的人背对着莫妮卡，正在念念有词——这暗门的出口，居然是“天人一”的一级重地：厨房。不用说，背对着她正在忙乎的那个，就是没给她好脸的冒牌大厨。

操作台上，七八只盘子一溜儿排开，赤橙黄绿青蓝紫七色俱全，煞是好看。夏有米腰背挺得笔直，左手背在身后，右手捏着筷子，伸手夹起一块什么，举在眼前很认真地端详了一番，然后放进嘴里，半眯着双眼慢慢地咀嚼起来，半晌，心满意足地点点头，又摇摇头。那架势，渊停岳峙，气吞山河，哪里是临时被封不平霸王硬上弓的大厨，分明是一个检阅自己部队的大将军。

似乎是听到了什么声音，夏有米回过头来，一眼看见蓝色冰柜旁的妖娆身影，吓得差点蹦了起来。

“你你你是人还是鬼啊你？怎么还在这儿？”

刚才面对菜盘的那股子气势瞬间飞到爪哇国去了。

莫妮卡一撩腮边的卷发，笑得妩媚又神秘："作为你未来的老板，我一直在暗中观察你。你的实际表现将决定你未来的命运。"

夏有米拍拍胸口，长长地呼出一口气："命运个屁，你别笑得跟灰太狼看见喜羊羊似的，一副暗恋我的嘴脸……"

自打他在这五尺灶台上重新找到了人生的意义，说起话来气也足了，腰也直了，精神面貌是焕然一新，面对美女都会耍贫嘴了。

"德行！"莫妮卡啐了一口，扭扭摆摆地走过来，高跟鞋把厨房地面踩得咔咔作响："那道菜做得怎么样了？"

夏有米立马神气起来："这不正等着你来尝呢吗？"

莫妮卡悠然走到操作台前坐下，伸手就把那盘酱焖猪蹄拽了过来："那还不端来？再倒杯红酒，折腾这一通饿死我了快。"

夏有米看得有些目瞪口呆。

"傻站着干什么？没看见过美女啃猪蹄啊？还不快去！"

夏有米回过神来，手脚麻利地摆碗筷、端菜、倒酒，嘴里小声嘀咕："你还别说，真还第一回见。"不过那声音太小，连他自己都差点没听见。

莫妮卡当然更加听不见这句话，她看着夏有米倏忽往返的矫健身影，由衷地赞叹："还真看不出来，你这套业务也挺熟练啊，是不是在家被老婆训练出来的？"

夏有米脸一僵，今天一天发生的事像过电影一样在脑子里回放：如果不是封不平欠账不还，他就不会被老婆骂了一通；如果不是被老婆骂了一通，他就不会喝酒；如果不是喝了酒，他就不会来找封不平的麻烦；如果不是来找封不平的麻烦，他就不会被硬拉着当大厨；如果不是被硬拉着当大厨，现在就不会被一个陌生女人奚落……

这一圈想下来，夏有米心里不禁生出一丝恶作剧的念头，端着盘子的手抖了一下，他身后的莫妮卡却浑然不觉，啃着猪蹄含含糊糊地叫："喂，你们那个压轴大菜，极品至尊皇家萝卜王，还不给我端来瞧瞧？"

夏有米"嗯"了一声，伸手抄起一只作料瓶，冲着盘子一通狂抖，抖完了看看，想想，又伸手在那一堆备用作料瓶里扒拉了几下，抄起一只写着“味精”字样的，拧开盖子兜底儿一倒，白色的粉末倾泄直下，随着筷子三搅两拌，很快消失得无影无踪。

“极品至尊皇家萝卜王。”

“啪”地一声，菜盘子重重地放在莫妮卡面前。莫妮卡托着下巴，蛮有趣的样子：“这萝卜，怎么就卖出人参价的?”夏有米硬邦邦地回一句：“商业机密，无可奉告。”

莫妮卡看看夏有米僵硬的表情，把啃到一半的酱焖猪蹄放下，端起盘子直直地杵到夏有米怀里。

“干吗?”夏有米下意识地抬手接过，有些愣神。

莫妮卡把手掌抬到脸前，噘起红唇，向夏有米吹了一口气：“没事儿上别的地儿溜达去!”

如果不是嘴唇上沾满了酱汁，她笑得还真算得上风情万种。

夏有米哼一声，捧着盘子往后院去了。打发走冒牌大厨，莫妮卡这会儿心中得意，事情比她想象的办得顺利，身心一放松，就感觉到腹内空空，这大厨虽然是冒牌的，手艺倒是不赖，放心大胆地吃着，哪能料到这“天人一”里她最该防但却没放在心上的人——狗狗，马上就要给她带来危机。

顺利把“天人一”转手的封不平，完全没想到自己万般谨慎小心藏起来的东西已经落入他人之手。他全神贯注地在办公室里收拾账本、文件，三年的工夫，积攒的东西还不少，脚边已经放了两三个装满的纸箱。

其实他本不必急着收拾，莫妮卡并没有限定他撤走的时间，可他总觉得早走早好，“天人一”虽是他一手创下的基业，但老话说，舍不得孩子套不着狼，早死早超生……“天人一”如今已是一块烫手的山芋，虽然他心里一直不想承认，但在合同上签下名字那一刻的轻松和解脱却骗不了他自己。

“笃笃笃笃——”

敲门声急促地响起。

封不平三步并两步去开了门，风一样冲进一个人来，原来是忠实的狗腿子狗狗。

“慌什么？出啥事了?”

狗狗神情紧张：“叔，这事我越想越不对，觉得一定要来向您报告。”

“说。”

“那个骚娘们儿肯定有问题!”

封不平眼神一凛：“她怎么了?”

“先前，我好好在保安室里工作，那骚娘们儿就自己闯进来，进来就跟我勾肩搭背，那个骚啊，还好，我有叔的教导，知道这种漂亮女人都很危险，坚决地给了她一个后脑勺。”

“就这个?”封不平耐着性子问。

“还没完，她见我不吃她那套，就骚得更来劲了，说冷气不够她热得慌，当着我的面儿就开始扒衣服领子，虽说她那对奶子是很大，可我有叔的教导，知道这种漂亮的女人都很危险……”

封不平听不下去了：“然后呢?”

“我就泼了她一脸凉茶。”狗狗说完，带着一脸期待等着封不平的表扬。

“什么？你、你居然泼她？唉，算了算了，反正字都签了。狗狗，听叔的话，咱们防人之心不可无，可是也不能随便就泼人一身茶，懂不懂？这是个素质问题。”

狗狗一脸虔诚地说：“知道了，叔，我当时是太心急了，您说我还没娶媳妇呢，我好好一个青年，我的清白不能毁在这么一个骚娘们儿手里啊，您说是不，叔?”

封不平长吸一口气，按捺住心头的烦闷，两手重重压在狗狗的肩上，郑重地说：“狗狗，叔有一句话一定要告诉你。”

“啥?”

“你想多了。”

狗狗茫然地看着封不平，封不平摇摇头，挥挥手。

“没其他事就回去工作吧。”

“哦……对了，还有另一件事，那骚娘们儿跟我打听录像资料在哪里……”

“什么?”封不平一惊。

“叔你放心，我有叔的教导，什么都没跟她说。”

封不平呆立原地，脸色渐渐发白，像遇上了一件极恐怖的事儿。

“叔，您没事吧?”

“狗狗，你给我守在这儿，一步都不要离开!”

狗狗目送封不平离去，转头环顾被封不平弄得杂乱的办公室，心中油然而生一股自豪感——关键时刻，还是离不开我狗狗!

二、18：20　风云突变

极品至尊萝卜王的味道似乎真的不错，入口即化，却又回味悠长，似乎……还有点说不出的味道。真想不到，那么一个窝窝囊囊的家伙竟能烧出这样的美味，真是可惜了啊……

莫妮卡跷着二郎腿，一面心中感慨，一面把面前的几盘菜风卷残云，特别是那道极品至尊萝卜王，吃得几乎要见底了。

“好吃吗?”一个阴森森的声音。

莫妮卡悚然一惊，猛抬头，操作台的另一面，封不平正死死地盯着她。

“Oh，My God!”莫妮卡夸张地拍拍胸口，“封老板，你的出现怎么可以酱紫诡异的嘛！吓死偶了啦!”

“诡异？我现在倒觉得，你这位突然出现的慷慨的大买家十分诡异。你到底是什么人?”

莫妮卡放下筷子，十分响亮地打了个嗝儿。

“事到如今，咱们不妨打开天窗说亮话。你，不是冲这个店来的。”

莫妮卡捂着嘴，懒懒地打了个哈欠。看着封不平咬牙切齿的表情，她忽然笑了起来。

“封老板果然是个聪明人。这个亮话嘛，我倒是可以说说，只是怕你有没有这个胆子听呢。”

封不平心中一震，一种不祥的预感涌上心头。他定定神，努力让自己表现得更凶狠一点：“说！”

莫妮卡伸出一根还沾着酱汁的小葱似的手指头，懒洋洋地道：“既然我想要的东西已经到手，这场戏也没必要继续跟你演下去了。你说的没错，买店，确实是个幌子。你这天人一名气虽大，老娘我还没放在眼里……”她盯着封不平越来越阴沉的脸，笑得像只不怀好意的小狐狸。

“实话告诉你，老娘来你这破店……是……是……”

“是什么?!”

封不平话音未落，就感觉到了不对——对面莫妮卡脸上的笑容突然凝固了，眼里的嘲弄变成了茫然，抬起的手晃悠了两下，僵硬地落在操作台上。

紧接着，他就眼睁睁地看着莫妮卡身子一歪，重重地摔在地上。

封不平吓得差点蹦起来，扭身就要往对面冲，却又停下，小心翼翼地伸着脖子朝对面看看，又弯下腰从操作台下面张望。看见刚才还笑语晏晏的那个女人果真趴在地上，他不禁脸色大变。

半晌，封不平试探地叫：“莫妮卡？莫妮卡？”

没有回音。

封不平心中的不祥之感霎时间风起云涌起来。他三窜两跳绕过操作台，一把把莫妮卡抄起来摁在椅子上，抬手就是两个耳光。莫妮卡的脑袋随着封不平的大巴掌左右晃了两晃，又耷拉下来。

想起刚才莫妮卡那真真假假的几句话，想起这个女人身后可能存在的那些强大的力量，封不平两手一个劲儿地哆嗦。“莫妮卡？你别逗我啊莫妮卡？”声音抖抖的，竟像是在哀求。

眼前的美女却一点不买账，依旧垂着头一动不动。

封不平疯狂了。

掐虎口，按人中……只要是能想起的招数，不管有用没用，封不平都使出来了。可是莫妮卡任他怎么折腾，还是一点反应都没有。

不，不能说没一点反应。

在封不平锲而不舍的折腾下，莫妮卡的眼睛神奇地睁开了——木然地盯着封不平，或者更确切地说，是木然地盯着封不平身后不知在何处的缥缈虚空。

“奶奶的，这就是传说中的死不瞑目？”封不平不由自主地想起市面上那些盗墓小说里的情节，身上一阵阵地冒白毛汗。他扭脸痛苦地一咧嘴，伸手想去捂住莫妮卡那双瘆人的眼睛。可是哆嗦着的手一点不听使，竟然碰到了莫妮卡高耸的胸脯，一种奇异的感觉瞬间从指尖传了过来，他浑身一抖，差点坐在地上，起了一层鸡皮疙瘩。

封不平定定心神，悲壮之气在胸中油然而生，不管三七二十一，一手捏住莫妮卡的鼻子，顺便半只手掌挡住了那双眼，一手捏开牙关，仰天长叹一声：

“老子今天就舍身取义了罢——”

说完，长吸一口气，双眼一闭，大义凛然地俯下身去……

“好你个畜生！”

身后突然响起一声低分贝炸雷，紧接着封不平脖子一紧，上半身硬生生被人拎着抻直了。

“封不平啊封不平！打小儿我们一起长大，我还一直觉得你除了会偷懒耍赖还没啥大毛病，没想到当了老板长本事了啊你，敢开黑店玩女人了?!”一向慢声细语的夏有米头一回这么连珠炮似的吼，拎着一百多斤居然还一点磕绊都没打，真不愧是干惯了体力活的。

封不平憋得满脸通红，艰难地拧过身来，两手一个劲儿地胡乱比画，指指自己，指指莫妮卡，嘴里呜哩哇啦乱吼一通，连自己也没听明白说了些什么，倒喷了夏有米满脸唾沫星子。

夏有米嫌恶地把他扔到一边。封不平歪在操作台上，捂着脖子连咳带喘：“她……咳咳……死了，我咳咳……救……”

“死了?!”夏有米一声惊呼，“这这这这是怎么回事儿?”

封不平好不容易把气理顺了：“我哪儿知道啊。正说话呢，咣当，就栽这儿了……”

夏有米半信半疑，一步抢到莫妮卡跟前，伸手探鼻息，脸色不由得一变，又拽起一条胳膊，神情肃穆地用手指头在她手腕上摸索。

“死了！真死了……我的个亲娘哎老封，你搞出人命来啦……”

看他煞有介事地摸脉，封不平的心里本来还生出一线希望，没想到竟然等来了这么一句，顿时像泄了气的皮球一般，整个人都垮了下去。

“我说老封，这大小是条性命，你得报警啊!”

“报警?说说容易，可人一直就坐在我面前，眼睁睁地看着死的，你给我一百张嘴，我也说不清楚啊……”

“那你还想怎么着?在这儿干耗着，到时候连我都说不清楚了。保不齐你就是一主犯，我就是那同谋。听哥哥一句，赶紧报警，咱俩在这儿保护现场。要相信政府，相信人民警察!”

“嘁。如果不是那些官老爷净打白条，我这天人一好好一个饭店怎么会到这步田地……”

夏有米来气了：“你这王八蛋脑子里进水啦?官老爷给你打白条，你就能给人一花枝招展的性命打白条啦?只要你现在把钱结了，我立马拍拍屁股走人，随便你怎么收拾这烂摊子!”

郁闷，惊恐，沮丧……这大半天来发生的种种事情互相交织，把封不平的脑子搅成了一坨烂糊糊，不知怎的就生成一股邪火，他“腾”地站起来：“还说呢！她是吃了你做的菜才成这样的!”

夏有米一愣：“你怎么个意思?”

“怎么个意思?厨房里就你一个人，谁知道你往菜里放了啥玩意儿!”

“你他娘的诬赖好人!”夏有米莫名其妙地被扣了一屎盆子，立马急眼了，“老子可是两手空空被你拽进厨房的，菜里有啥玩意儿还不都是你的?再说每样菜我都尝过了，怎么我就没事?!”

“你当我傻啊？你说你尝过了就真的尝过啦？”看夏有米赤急白脸地直蹦，沮丧的封不平竟有了一分邪恶的快感。

“去你娘……”粗口刚爆出一半，夏有米突然一呆，像是想起了什么，喃喃地说：“刚才……好像真有个没尝过。”

封不平的眼前突然跳出来一根救命稻草，“哪个？”

“就那啥啥萝卜王。”说着，夏有米伸手在操作台上扒拉出一个瓶子来，“端给她的时候，就加了点这个味精。”

封不平一把抢过去，打开瓶盖，一股古怪的药味扑面而来：“这哪里是味精？你自己闻闻，有这味道的味精吗？”

夏有米有些愣神：“反正都是你厨房里的东西。不是味精是啥？”

“这我哪里知道？”

“连厨房里有什么东西都不清楚，你还非要逼着我当厨子？!”

“我让你干厨子，又没让你吃死人。”

夏有米连着被呛了好几回，又莫名其妙地成了犯罪嫌疑人，阵脚大乱：“好好好！我让她吃死的，我他娘的杀人了，你说了不算！让他娘的警察来断！在你天人一吃死了人，我就不信这账能算在我头上！”说着就从口袋里掏手机，“你他娘的整天监控这个监控那个，连个破厨房都罩不住，趁早把这破店关了算球！”

这话听得封不平一呆，脑子里噌噌噌地闪过一连串的“英雄形象”：三厨一看见他，就鬼鬼祟祟钻进厨房；大厨气壮山河地说“俺们今儿不炒菜，炒你”；“有人出大价钱请我们去”，二厨、三厨得意的脸……

妈的，这是个套儿！

封不平打了个寒噤，一见夏有米正在拨号，“嗷”地一声扑上去，一把把他抱住了。

夏有米竭力挣扎：“你小子少给我来这套。有事等警察来了再说，爷皱个眉头就不姓夏！”

封不平把夏有米摁在椅子上，使劲压下夏有米拿手机的手：“老虾米，好哥哥，这回你可得听我的。我知道这事儿是谁干的了。”

“谁?”

封不平张了张嘴，愣了——就算能证明是大厨几个做的手脚，他们身后那个“大老板”还是个未知数。开店几年，三教九流迎来送往，虽然自己一直谨小慎微谁都不敢得罪，可天知道会不会有哪尊神仙瞅他不顺眼，用这种手段来整他?

夏有米也泄气：“你小子又糊弄我。”

封不平抓住夏有米的手，郑重其事地说：“老虾米，咱哥儿俩几十年的交情，你千万千万听我这一回。今儿这事，是有人要搞我。我只要调录像就能证明你的清白，这事跟你一点儿牵扯没有。但这会儿，咱要想办法，先把这事儿压下去!”

三、18：25　有话好好说

“金”字房内，家明依然捏着谭大师写的纸条愁眉不展。

“金灶沐，家明。家明，金灶沐。缺金缺木缺水缺火缺土……家明的生辰八字怎么可能这么背啊？这个鬼大师一定是骗子!

“金灶沐，金、木、水、火、土……这么个土了巴叽的名字就能改运？真是笑话。看看那些前辈们，连杰啊，子丹啊，文卓啊，哪个名字有这么像乡巴佬?

“可是……万一真的有用呢?

“家明到底该不该相信这个谭大师？他说的到底有没有道理呢……真要愁死家明了啦……”

为这个事儿，这位大明星已经纠结了十几分钟了，还是一点儿头绪都没有。

门悄悄地被推开一条缝，小蕾探进半个脑袋来：“先生，请问……”

“家明现在有很重要的事。家明希望一个人待一会儿。”

“家明？你真的是功夫明星家明？”小蕾欣喜地跳进屋来，夸张地做出一脸崇拜的表情，“我看过你的好几部片子哎！”

家明像是突然反应过来，扭头愣愣地看着小蕾。

“听狗狗说您到天人一来了，本来还不信，原来是真的。你可是到我们店里的第一个大明星哎！那个……请问您可……可不可以给我签个名？”小蕾有些激动，怯生生地托着一个小本和水笔，那是她刚从前台扯的点菜单的背面。

一股暖流霎时在家明心中涌起，他的眼睛湿润了。

家明接过纸笔，正要动笔，却又停住了，转头望望小蕾，犹豫着。

小蕾担心地朝门外张了一眼，有些惶恐：“我是趁老板没注意偷跑过来的，您能不能……”

家明的心一颤，深吸一口长气，郑重地在纸上签下龙飞凤舞的几个大字。小蕾手忙脚乱地接过来，胡乱鞠了一躬，就像只受惊的兔子一样跳出门去。

明亮的灯光下，家明轻轻抹了一下眼角，胸中涌动着深深的愧疚——大师！真的是大师啊！刚刚才取了个新名字，马上就打破了三个月没有粉丝要签名的僵局。这样神奇的本领，怎么可以怀疑他呢？真是太不应该了！从今天起，功夫明星家明就真正地脱胎换骨，成为功夫新星金灶沐了！

重获新生的功夫明星犹自在包厢里心潮起伏，屏风外面，小蕾和小蕊却正捧着点菜单大眼瞪小眼。

点菜单的背面，赫然一行大字——金木水火土。

“木”字房内，蔡哥殷勤地给大老总倒茶：“我们那个村啊，那山可大了去了，要草有草要树有树，高高低低歪歪扭扭，就跟那高尔夫球场的地形一样一样的。不瞒您说，这两年我国内好些个球场都去过，虽然打球水平不咋的，但对这产业，倒还是有过很多考虑的。要不也不会壮着胆子劳动您老人家……”

大老总“唔”了一声，对蔡哥投以鼓励的眼神。

蔡哥放下茶壶，比比画画："如果我当了村长，我立马把我们那村子搞成一个大球场，千儿八百个洞那种，让那些洋鬼子看着就犯傻……然后，组织一支高尔夫球队，就像咱国家乒乓球、跳水啥的，对了，'梦之队'！我要弄个高尔夫'梦之队'出来，专门收拾洋鬼子……还有……村小学的体育课一律改成高尔夫球，运动嘛，一定要从娃娃抓起！"

大老总的手在腿上轻轻拍了拍："你有这个想法，是非常好的。唔，高尔夫是一种高雅、环保的运动，在我们国家开展得很不够啊。现在国家正在积极倡导全民健身运动，很多体育项目也逐渐从城市走向农村，你在农村推广高尔夫球，功德无量啊！"

得到了大老总的肯定，蔡哥越发兴奋起来："功德啥的我倒没想过，咱是中国人，总是要为国争光的嘛。洋鬼子欺负咱那么多年，玩个球还被他们压着一头，不是那么回事儿！洋鬼子那点花花肠子再打弯儿能有几斤几两？就这高尔夫球我就看得出来，说他们笨得像猪都是在骂猪呢。

"我就一直在想啊，既然要搞个球，哦，是要搞高尔夫，光打球没他妈什么用！就得搞个产业链出来。球场不是要每天割草吗？那么些碎草可不能浪费，咱就在球场边建个猪场鸡场，这边割草，那边吃草，长出来的还不都是真正的绿色猪肉、绿色鸡肉？草皮也可以改成苜蓿，长得快产量高啊！球场里那些水洼子全部养上鱼，树林全部种果树，按现在时髦的说法叫……叫……那个'立体生态农业'，我就是要把这西洋运动搞出中国特色出来，争取效益最大化。"

"对了，球场边再盖他个超豪华的五星级农家乐，来打球的，不光要让他们玩好，还要让他们享受绿色无污染的农家风味！到那时，给我十个天人一也不稀罕啊……"

大老总正举杯喝茶，一听这话，茶水"扑"地脱口而出，喷了蔡哥一脸。他抚着胸口咳了两声，眼中闪过一丝蔡哥无法察觉的痛苦。

蔡哥无辜地抹了一把脸上的茶水，赔着笑："大老总，您老这是……"

"不碍不碍，只是呛了口水。你的宏图大志，很是让我钦佩啊。"大老总轻轻地拍着胸口，缓缓地说道。

蔡哥立马又精神焕发起来："那——是！"话一出口就发现似乎不对，"嘿嘿"傻笑两声，赶紧改口，"这个……其实都是领导教育的结果。虽然我读的书少，但领导，还有您大老总，对我的关心和帮助我都永远记在心上的。"

大老总扭头看看墙上的挂钟，微微皱了皱眉头。

蔡哥顺着大老总的眼光看去，猛然有所领悟，"啪"地一拍桌子："他妈的什么破饭馆，这个点儿了还不开饭。大老总您老先坐着，我替你收拾他去。"

说着他就窜过去推开门，伸出脑袋大喊："老板，几点了还不上饭？欺负哥们儿吃不起你萝卜还是怎的？"

他这大嗓门一通吵吵，打破了"火"字房里的僵局。小梅噘着嘴埋怨小柯："你看你，挑的这破地方，进门这么久了连服务员都见不着。要是把我老爸饿坏了，我让你吃不了兜着走。嘿嘿，是吧老爸？"

"我我我我也是第第第一次来，不不不知道怎么回回回回事儿……"小柯胆怯地瞟了一眼老梅，虚弱地辩解。

老梅只微微冷笑，眼神依旧犀利如刀，看得小柯遍体生寒，连忙起身："叔叔叔叔叔叔您再坐会儿，我这这这这就去看看看看怎么回事儿……"说完，不待老梅和小梅有什么反应，就拉开门逃命似的溜了出去。

"金"字房内，功夫明星朝屋门不屑地撇撇嘴："土鳖就是土鳖，钱多有什么了不起？还不是那么粗俗、肤浅。"

他正襟危坐，浅浅一笑："大家好，我是金灶沐，非常感谢大家的支持。大家不要拥挤，签名一个一个地来哦。"说着，他右手伸出兰花指，悬空缓缓大书"金"、"灶"、"沐"。

一遍未毕，真气一泄，胸脯以下响起悠长的肠鸣音。

一股怒火"腾"地窜将上来，他跳起来一把把门拽开："这馆子还让不让人吃饭啦？家明很忙的啦，晚上还要赶通告的啦！"

话音刚落，他自己先一愣神，随即深吸一口气，以更高分贝的嗓音重新喊了一遍："这馆子还让不让金灶沐吃饭啦？金灶沐很忙的啦！金灶沐晚上还要赶通告的啦！"

听到屋里这么热闹，门口百无聊赖的小蕾和小蕊悄悄从屏风那边伸出头来，一看这场面，扯着嘴角打了个寒噤，赶紧又像什么事都没发生过一样，悄悄地继续到门口百无聊赖去了。

谭大师不知从哪个角落里钻了出来，气定神闲地劝慰大家："别闹别闹，人生在世，以和为贵以静为本，有话可以好好说嘛。在饮食界，天人一的服务是有口皆碑的，今天这样，一定有他的原因。我们去找封老板，问明白是怎么回事就好了嘛。"

大厅里的鼓噪自然也传进了办公室，正坐在老板椅上过瘾的狗狗跳起来，一溜小跑来到门边，侧耳听听，又拉开一条门缝往外看，随即惊慌地把门紧紧关上，掏出手机，压低了声音：

"叔，你去哪儿啦呀？客人们吃不上饭发火了，正四处找你啊……"

四、18：30　忙碌的搬运工和无辜的旁观者

手机铃声不大，却把封不平和夏有米都吓得一哆嗦。

封不平接通手机，刚听了一句，本来就已经很难看的脸色突然变得更加难看，三步并作两步跑过去把厨房门反锁起来。

夏有米有些茫然："你这是搞什么鬼名堂？"

"嘘——"封不平一边蹑手蹑脚地退回来，一边着急忙慌地比画，一副恨不得拿胶布把夏有米嘴巴封上的表情，"小声点，别让人听见……"

小声说话原本就是夏有米的强项，他很在行地点点头，压低了声音问："你这到底是在搞什么鬼名堂？"

话音未落，门外就传来一路敲墙砸门的声音，伴随着蔡哥南腔北调的大嗓门：

“老板哪儿去啦？这到底还做不做生意啊？他奶奶的，这破馆子是不想开还是怎的，啊？”

夏有米顿时醒过神来，和封不平不约而同地看看莫妮卡的尸体，又对视一眼，两张脸都白得没有一丝血色。

“这这这厨房里怎么没……没动静啊？会不会会会会出什么事事事事情了？”小柯的声音有些怯怯的。

“老板不在，厨子也行，都他妈给我死出来！”蔡哥一边骂骂咧咧，一面抡起拳头砸门。“奶奶的，一破厨房还锁起来了，这里头肯定他妈的有鬼！”

夏有米急得团团乱转：“怎么办怎么办怎么办？”本来好好地过来讨账，莫名其妙地成了大厨不说，还莫名其妙地摊上场人命官司，这话要是回去一说，金叶能信吗？更何况，现在似乎连回不回得去都成了问题……

封不平到底是见过大风大浪的，越是危急关头越显出一份镇定，他一把揪住夏有米，盯着他的眼睛：“听着兄弟，厨房里可就咱俩，是一根绳上的蚂蚱，你如果不帮我，我进去了，你也没的跑儿。”

夏有米稀里糊涂地连连点头：“是，是！”

“现在外面都是人，咱没法出去，得先把这女人藏起来。”

“是是是……嗯？藏哪儿？”

封不平伸手一指：“咱先给她搁冰柜里。”

“好！”夏有米一捋袖子就要动手，突然又转身在封不平脑袋上敲了一记。“你个死变态，怎么不给她分尸呢？亏你想得出来。”

封不平一巴掌把他的手打开，压低了声音恼怒地说：“闹什么闹？你以为拍电影呢？快来搭把手！”

夏有米薅住莫妮卡的胳臂，封不平抓着脚脖子，深一脚浅一脚地往冰柜走去。不知是心虚还是脚软，夏有米有些气喘，嘴里嘟囔着：“看这妞儿挺苗条的，还挺沉……”

封不平只觉得触手之处滑腻腻的，膈应得龇牙咧嘴：“我就纳闷了，这女人怎么就爱穿丝袜……小心！”一声低呼，两只纤细的脚脖子从封不平手里滑了出去。对面的夏有米措不及防，被下坠的尸体扯了一个趔趄，莫妮卡的上半身也摔在地上。

“里面有动静！妈的，快给老子出来！”又是一阵“咚咚咚”的砸门声。

厨房里的两人吓出一身冷汗。封不平挤眉弄眼地一通比画，指指自己，再指指莫妮卡的头；指指夏有米，再指指莫妮卡的脚，嘴无声地做着口形：我，抬头，你，抬脚。

夏有米瞪眼看着，点点头，和封不平交换了位置。只见他摆了个标准的骑马蹲裆式，凝神运气，俯身抓住莫妮卡滑溜溜的脚脖子，两膀向上一叫劲——刚把莫妮卡肩膀抬起来的封不平一个冷不防，两手又是一滑，那个如花似玉的后脑勺“嘭”地磕在地上。

两人吓得又是一哆嗦，下意识地捂住嘴巴。莫妮卡的另外一半再次顺理成章地摔在了地上。幸好这时砸门声正响，外面的人都没有听到屋里这番比刚才更大的动静。

听着门外的叫骂，封不平一阵气闷：“奶奶的，老子豁出去了！”俯身拦腰一抄把莫妮卡抱起来，一路小碎步跑到冰柜后面，像扔搬面口袋一样把那可怜的娇躯扔在墙脚，这才停下来捂着腰大口大口地喘气。

夏有米一脸崇敬地望着他，嘴里喃喃着：“给我结账的时候能有这风采就好了。”

有道是“忙中出错”，又有道是“一心没法分成两半用”，两人这通折腾实在是太专注，都没有发现一张小小的光盘从莫妮卡的衣服口袋里悄悄地探出一条边儿，当然也没有发现在冰柜的另一面，藏着一双窥视的眼睛，不是别人，正是暗道里被莫妮卡一脚踢晕过去的小蝴蝶。

小蝴蝶在冰柜后面蹲得脚都麻了。她在夹壁墙里挨了一记重击，在地上躺了没多久就醒转过来，晕晕乎乎地揉着脑袋爬起来，想了老半天才弄清楚自己在什么地方。摸摸身边，箱子还在；打开来再摸，硬硬的一沓沓的纸片儿，不由得心花怒放起来。

可高兴了没两秒钟，她又开始犯愁——这箱子太扎眼，她这么一个服务员拎出去肯定招人眼球，还是得弄个平常点的东西装起带出去。于是小蝴蝶一边揉着后脑勺上的包，一边在黑暗里摸索着往回走，不知怎么的就推开了厨房的暗门，然后想都没想就走了出来。

当时正是封不平和莫妮卡冷面对峙的时候，两人聚精会神地斗智斗勇，丝毫没发现屋里凭空多出一个人来。稀里糊涂的小蝴蝶看清形势后暗叫不妙，暗门却已经悄无声息地关上了。虽然作为一代“侠盗”，溜门撬锁是她的专长，但不出一点动静就把门打开也不是件容易的事。实在没办法，她只好蹲在冰柜后面凝神屏气，生怕弄出什么响动来。

才听了没几句，小蝴蝶就知道今天这事情肯定精彩——刚才在“火”字房里修电灯的美女“后勤”，居然是要收购“天人一”的大老板；可第一次见面时她那惊惶失措的表情，简直就像是被抓了现行的同行。这女人既然那么痛快地就坡下驴，一准是在“火”字房里搞了什么猫腻，那她的目的当然也不会是买个饭馆那么简单。不过这跟她有什么关系呢？她小蝴蝶只是个贼，饭馆的命运跟她一点不搭界，只是她做“生意”的场所罢了。这女人既然要搞鬼，就当免费看场好戏，而且，这场戏看得完还是看不完，都无所谓。

再往后的情节就比较简单明了了：莫妮卡莫名其妙地挂了；封不平和夏有米叽叽歪歪啰里八嗦的争执和讨论；封、夏两人搬死尸……这些匪夷所思的事情给小蝴蝶带来了极大的恐惧和欢乐。她就在这种矛盾交织的心理中绕着冰柜跟封不平和夏有米“捉迷藏”，然后在两人商量对策的时候再次回到冰柜后面，在莫妮卡的尸体边上蹲着，一面竖起耳朵听屋里的动静，一面强迫自己不要去看莫妮卡那半开半闭的空洞眼神，同时还在心里不停地祈祷上帝安拉阿弥陀佛山神土地观世音菩萨保佑千万不要让身边这个新鲜死人突然诈尸……

封不平和夏有米刚刚完成了搬运死尸的大业，就又发生了新的争执。门外的砸门声一浪接着一浪，伴随着单调的叫骂声，天知道蔡哥那个土大款怎么会有那么好的耐心。夏有米急得像热锅上的蚂蚁团团乱转，不停地问封不平“怎么办”；封不平坐在椅子上强作镇定，但呆滞的眼神暴露了他心中的恐慌。几近癫狂的夏有米几度想冲出门去，要么跑路要么自首，都被封不平死命拽住……两人的声音虽然不大，但反反复复的车辘轳话听得小蝴蝶头皮都要炸了，恨不得冲出去一声大吼：“你们给老娘整点新鲜词儿行不?!”

正当他们一个癫狂一个纠结一个烦躁的当儿，突然之间眼前一黑，厨房里的灯全灭了。

砸门声瞬间停息了，封不平和夏有米也停止了拉扯，小蝴蝶下意识地身子一缩，几乎要靠在莫妮卡身上，吓得她差点叫出声来，赶紧把嘴巴死死地按在自己的手臂上……

夏有米快要崩溃了，声音里带着哭腔：“老天爷啊，这又是怎么回事儿?”

“他妈姓牛的，这个点儿给我停电！”

“老封我求你了，咱出去成不？再在这儿憋着我都要疯了。”

门外的喧哗只停了不到两分钟，就又掀起了一个新的高潮。

“老板给我出来！再不出来我把你这馆子砸了你信不？老子有的是钱，老子内裤都是 LV 的……”这位当然是蔡哥。

“这厨厨厨房里一点动动动动静也没有，可可可可能真的没没没……”“没你个大头鬼啊，刚才还只是没饭吃，这会儿连灯都没了，你还帮他说话，万一是个黑店，你都不知道自己是怎么死的！”这是小柯和小梅。

“金灶沐很忙的啦。金灶沐晚上还有通告的啦！”这是功夫明星。

“大家稍安勿躁稍安勿躁。小封啊，这就是你的不对了，这么多人等着吃饭，你可不能再这样故弄玄虚的啊，你这葫芦里究竟卖什么药，迟早都是要端上桌的嘛。这么躲在厨房里不是个事儿啊……”连谭大师也出马了。

封不平突然跳起来，抓住夏有米的双肩使劲摇晃：“打起点儿精神来，老虾米，咱有救啦，咱这就出去！”

他的眼睛在黑暗中熠熠放光。

第八章

一、18：40　突如其来的大饭局

山上的白天总是过得快些。还只是晚饭时间，太阳就已经见不到了，只在天尽头留下一抹红霞。远远近近的山峰都隐入了夜色里，影影幢幢的，像一群奇形怪状的野兽。月亮从山后面升起来，洒下一片清冷的光辉。湖面上浮起淡淡的雾气，在晚风的吹拂下颤动着起伏聚散，和月光相映衬，如迷如梦，似幻似真……

在这朦胧的夜色里，“天人一”描金涂彩的牌楼稍稍黯淡下来，但又更显得高大、庄严和伟岸，如一个顶天立地的金甲武士，沉默地俯视脚下的芸芸众生。

“天人一”飞檐上的小铜铃被风吹得“叮叮”作响。封不平曾经跟人吹嘘，这每一个铜铃都是请紫云山上的大和尚开过光的，如果是静寂的夜晚，铃声可以传出十里地去。这话到底是真是假当然没有人验证过，但可以肯定的是，在这个夜晚，铃声不会比店内的喧嚷传得更远。

幸好，“天人一”的特别设计给了月光登堂入室的机会，不光是大门和中式格窗，还有大堂屋顶正当中的玻璃圆顶，月光倾泄而下，如同把月亮安在了屋顶上。据谭大师说，这真正体现了天与地的交融、人与自然的结合，也正是店名“天人一”的真实写照。

大堂内，两个笔挺的身影相隔不远站着。大老总背着双手站在窗前，望着数丈外的那一泓湖水，似乎身后的吵闹和他没有丝毫关系；站立着的老梅一点看不出腿脚有什么问题，两手抱在胸前，望着大堂通向厨房的走廊，目光冷冷淡淡，像是根本不在乎事情会有什么结果。月光照在他俩身上，把他们装扮成两尊黑白分明的雕塑。

最热闹的地方当然是在老梅目光的尽头。

厨房门口的主力军蔡哥依旧饱含激情，简简单单的几句粗口已经被他翻来覆去使用了无数次，如果他所说的都能够实现的话，“天人一”包括封不平以及大厨早已化为齑粉灰飞烟灭好几遍了；有了蔡哥这种“虽万千人吾往矣”的气概，本来说话就不利索的小柯自然免开尊口了，在一边赔着笑脸，乖乖地接受小梅的抱怨；功夫明星金灶沐皱着眉头，斜斜地不屑地瞪着蔡哥的后脑勺，开始在手包里翻车钥匙；只有谭大师一个人还保持着应有的风度，轻声细语，哄蔡哥几句，又批评厨房门板几句。

狗狗当然不会放弃看这种热闹的机会，更何况停电了，办公室里也没啥好打发时间的，所以也探出半个脑袋傻看。不过没多久，就被手机铃声叫进屋里去了。

正当蔡哥咽了一口唾沫，准备发起一轮新的攻势的时候，厨房的门突然打开了，蓄势待发的他一个冷不防，差点摔将进去。

“天人一”饭馆老板封不平满脸堆笑地出现在厨房门口，清清嗓子，若无其事地张开两手：“肃静，各位请肃静！”

“肃你妈的静！”蔡哥愤愤地骂，捋起袖子就要上，却被谭大师扯住了衣角。

仿佛没有看见悬在脑袋旁边的大拳头，封不平笑着大声说道：“我相信，大家肯定已经等急了，五秒钟之后，会有一份惊喜送给你们。现在，让我们一起举起右手，倒数五个数！”

“五！”

没人理他。

“四!”

又没人理他。

“三!”

依然没人理他。

“二!”

还是没人理他。

“一!”

终于有人回应了，那是蔡哥的拳头化为了一根正气凛然的中指。

封不平丝毫没有气馁，月光下，他的笑容显得十分诡异，只见他把右手从面前向外画出一道弧线，声音里带着硬装出来的诱惑：

“下面，就是见证奇迹的时刻——”

随着他的话音落下，厨房里突然亮了起来。

一辆点满蜡烛的餐车缓缓从厨房推出，橘红色的烛光跳跃着，给走廊里带来一丝暖意。蜡烛的中间，几只菜盆被白瓷罩子罩着，看起来晶莹剔透，充满了神秘感。夏有米垂头丧气地推着车，眼珠飞快地扫了一圈，嘴里机械地小声唱着：“当当当当……当当当当……”硬是把喜庆的《结婚进行曲》唱出了《二泉映月》的韵味。

“呀！有人要结结结结婚……哎哟……”看见这场面，小柯有些兴奋，被小梅狠狠地扭了一把。小梅对小柯的兴奋给予了残酷镇压，自己却又掏出手机一路跟着拍，两眼放光地赞叹：“好浪漫哦!”

一头雾水的众人下意识地闪出一条通道来，烛光餐车在夏有米凄凉的《结婚进行曲》中，在众人的茫然围观下，缓缓驶向饭馆大堂。

封不平跟在夏有米身后，对这个扶不上台面的老虾米恨得直咬牙，但又不好在这时取消他的演唱资格，只能一边向两边打拱作揖，一边尽量大声地发表热情洋溢的讲话，希望能把夏有米的声音盖住：“各位朋友，今天是本人的四十二岁生日，大家能来天人一用餐，本人深表谢意。古话说，十年修得同船渡，百年修来共枕眠。无论是新朋还是旧友，能在小店相聚，都是上辈子修来的缘分。为了使各位能够度过一个难忘的晚餐时间，也为了给本人过一个难忘的生日，我今天一直在紧张筹备一个特别节目，对大家有所怠慢，敬请包涵！”说着一打响指，扯一句京剧道白，“小——的们！”

“来啦——”

悠长凄厉的假嗓划破朦胧的夜色。众人悚然一惊，只见“土”字房门轰然打开，跳出一个穿着布老虎服装、染着红鼻头的家伙，在他身后，还有两个穿着白纱短裙、背上有一对小翅膀的姑娘，三人唱着欢快的歌曲，蹦蹦跳跳地跑进大堂。

这三人大家都认识，正是“天人一”老板封不平的忠实手下，狗狗、小蕾、小蕊。

不多时，大堂内的每一张桌子上都燃起了暖暖的烛光，正中央的大圆桌上更是整齐地点了一圈，桌上碗碟筷勺杯盏红白啤酒一应俱全，整个大堂暖融融的，煞是喜庆。就连一直没精打采的夏有米似乎也受到了感染，腰身眉眼都舒展起来。

小梅毕竟还是有点小孩心性，一见这场面，愈加兴奋起来，抓住小柯的手一个劲地“哇——”，一边还不忘举起手机连连自拍；其他几位虽然还依旧矜持，神情却已经平和下来；就连怒发冲冠的蔡哥也忘记了生气，四下打量着，喃喃自语：“这王八蛋，搞什么鬼……”

封不平走到主位，非常感慨地说道：“相逢就是有缘啊！我从来没想到，自己会过这样一个有意义的生日。今天，大家能到这儿来，就是我封不平的亲戚朋友！所以，我们不要待在小包厢里，就在这儿！在这天人合一的风水宝地，好好地热闹一回！”他豪迈地一挥手，“不管各位点了什么菜，全都不作数，我自作主张，安排了这个烛光晚宴！我请客，美酒管够，敞开了肚皮尽管喝！”

谭大师脑筋转得最快，自觉地帮封不平招呼客人：“老板拳拳盛情，我们恭敬不如从命，大伙儿一起来个大饭局吧。”他转身殷勤地对大老总说，“大老总，就请您先来吧，今天这些人里就数您老德高望重，您不先坐下我们哪敢坐啊?”

小梅却一点不给谭大师面子，拉着小柯兴高采烈地抢先入座，似乎又想想不对，赶紧起来又把老梅拉过来。老梅也一点不客气，一屁股坐在小梅、小柯中间，端端正正、稳稳当当，弄着小柯不由自主地一缩脖子。

小梅的表现让谭大师有些尴尬，但大老总却一点没有不高兴的意思，和蔼地招手：“来来来，主人盛情难却，大家也不要生分了，都坐，坐吧。”

众人就座之后，封不平一挥手，夏有米和狗狗从烛光餐车上端下五只菜盆，小蕾、小蕊热情地给大家倒满酒，自己也在下首坐了下来。

五只菜盆的盖子一揭开，除了封不平，满座的人，包括小蕾和小蕊，都傻眼了——这都是些什么?烛光晚宴就吃这个?

封不平镇定自若，热情地招呼：“各位，菜贵精不贵多，虽然只有五道，却都是压箱底的真本事，是本店大厨几十年精湛技艺的结晶啊!”他把一旁呆立的夏有米拉到桌前，“这位，就是本店大厨夏师傅，师出名门，技艺超群。只有他，才能烧出如此精美的菜肴。下面，就请夏师傅给大家报菜名，掌声鼓励!”

只有小蕾、小蕊应付似的拍了两下巴掌，其他人都面面相觑，沉默着。

刚刚放松了点的夏有米又蔫巴了，脸皱得像根放了三天的苦瓜，他咽咽唾沫：“啊……这五道菜，那个……尖椒土豆丝，香腌水萝卜，火腿蒸蛋，金针菇拌苦瓜，那个……老醋黑木耳。齐了……”许是心虚，他越报头越低，越报声越小，到最后已经声如蚊蚋，几乎听不清了。

“这菜，还好意思说啥‘饭局’啊?打发叫花子呢?!”蔡哥首先发飙。

其他人虽然没有出声，脸上却都有不屑之意。只有大老总和老梅不动声色，若有所思。

封不平微微一笑：“这些菜，看似平常却奇绝。大老总，请恕我说一句不敬的话，您老人家德高望重见多识广不假，但今天这饭局，还得数谭大师看得最明白。”

众人的目光“刷”地向谭大师聚焦。

谭大师站起身，眯着眼睛认真打量着这几道菜，不禁抚掌大笑：“妙！真妙！妙不可言啊……”

面对大家怀疑的目光，谭大师展开了他招牌式的神秘微笑：“这看似平平常常的五道家常菜，其实大有玄机啊。诸位请看，金针菇拌苦瓜，金；老醋黑木耳，木；香腌水萝卜，水；火腿蒸鸡蛋，火；尖椒土豆丝，土。这五道菜合在一起，正好是金、木、水、火、土，五行俱全啊！”

众人不约而同地睁大了眼睛。

“不仅如此，大家再来看这几道菜的色泽：老醋黑木耳，黑；香腌水萝卜，白；火腿蒸鸡蛋，红；尖椒土豆丝，黄；金针菇拌苦瓜，青。黑、白、红、黄、青，此为五色！”

众人异口同声：“嗯？”包括封不平和夏有米。

“再来品这五道菜的味道：老醋黑木耳，酸；香腌水萝卜，甜；金针菇拌苦瓜，苦；尖椒土豆丝，辣；火腿蒸鸡蛋，咸。酸、甜、苦、辣、咸，此为五味！”

谭大师环顾四周崇敬的目光，说得神采飞扬：“大家都知道，人体内有心、肺、肝、脾、肾五脏，五脏蕴五气，与阴阳五行相对应，相生相克，相依相守，只有阴阳平衡、五行调和，才会身强体健益寿延年。而这五道菜，乃是以五行为根、五色为形、五味为实，阴阳虚实互为表里，食之入五脏、补五气，地地道道的一席五行大餐啊！”

“好啊！”封不平最早醒过神来，不失时机地拍手叫好。众人也不由自主地鼓起掌来。

最激动的人还要数夏有米，他做梦也不会想到自己胡乱整的几道菜居然包含了这么大的学问，不由得热泪盈眶，喃喃地道：“忒牛叉了，大师……这才真是大师啊！”

谭大师一抬手，语调转而激昂：“最后请看，我们所在的这个位置，月光、烛火阴阳相应，天、地、人和谐为一。此时此地摆出这样一席五行大餐，阴阳互补，五行相生，天人合一，平凡之中包含着深刻的哲理，正是中国传统饮食文化返璞归真的最高境界。而这一境界的创造者，就是天人一的大厨——夏师傅！”

随着谭大师的手势，众人的目光一起转向夏有米，向他报以一轮更热烈的掌声。

窝囊了大半辈子，突然第一次面对那么多崇敬的目光，夏有米实在憋不住了，热泪滚滚而下——他娘的，这就是当明星的感觉吗？

二、19：05　死鬼复活

听到大堂里热闹起来，小蝴蝶这才连滚带爬地从冰柜后面钻出来，脸上惊得没有一点血色。

她晦气地拍拍身上不知道是不是存在的尘土，向冰柜后面小声啐了一口，转身拉开橱柜抽屉，翻出一个垃圾袋，又快步走到冰柜后面，抬腿跨过莫妮卡的尸体，来到夹壁墙的暗门前，掏出口袋里溜门撬锁的常规武器，在墙上摸索起来。

“啊咦呀咦啊咦呀咦哟——啊咦呀啊咦哎哟——啊咦呀哟——”突然，一个高亢古怪的女声响起，在空旷的厨房里更显得诡异。最可怕的是，这声源似乎就在小蝴蝶的脚底下。小蝴蝶吓得一下子窜出老远，腿都软了。

回头看去，莫妮卡的口袋里，一个红色的小光点欢快地闪烁着，伴着刚才那个女声：“阿姨呀咦带个带个刀，带的个带的个带的个带的带个刀——啊咦哟咦啊咦哟咦哟——”

小蝴蝶哭笑不得，这个时候居然会有人给一个死鬼打电话。一想到“死鬼”，她身上又起了一层鸡皮疙瘩，心里“忐忑”得不得了。她抹了一把头上的冷汗，果断地上前掏出手机，挂断，随手扔在莫妮卡身上。正准备继续动手，忽然又想到了什么，拿起手机卸下后盖，拆了电池，往冰柜下面一扔。这才继续在墙上摸索起来。

就在这时，轻轻地一声响，厨房的门被推开了。

虽然小蝴蝶一向迷糊，但也知道“工作”的时候必须眼观六路耳听八方，冰柜后面黑古窿冬，六路是没法观了，但耳朵却一直竖着倾听周围的声音。一听到门响，马上身子一缩，躲在黑暗里。

一个人影悄无声息地站在半开的厨房门口，因为光线黯淡，看不清是男是女是胖是瘦。大约是发觉屋里没有动静，那人手一伸，一道细细的光柱从手机前端射出，在厨房里缓缓地扫了一圈。

小蝴蝶都快要哭了。这到底是什么鬼饭馆啊？莫名其妙地死人不算，还有这种神神秘秘的鬼影出没。最倒霉的是，因为情况紧急，她动作幅度大了点，和莫妮卡贴得很近，浓烈的香水味一个劲儿地往她鼻子里钻，呛得她直想打喷嚏，只好把围在脖子上的领巾扯起来遮着鼻子捂住嘴，硬生生憋出两颗眼泪来。

一圈扫过，那人揿灭手机，又在门口站了一会，终于关上了门。

小蝴蝶在冰柜后面等了半晌，感觉厨房里真的安静下来，这才探出半个脑袋小心观察，确认那人真的走了，这才挺直了身子，大口大口地喘气。

唉，这鬼地方，这笔“生意”做了就再也不来了！小蝴蝶心中暗想。没了旁人干扰，她很快在墙上摸到了那条缝隙，手中利器伸进去拨弄两下，轻轻一带，暗门无声地开了。身形一闪，小蝴蝶从厨房里消失了。

借着手机屏幕的一点冷光，小蝴蝶熟门熟路地找着了那只银色手提箱。她毫不客气地把箱子里的纸片全部塞进垃圾袋，为了让垃圾袋的形状更自然，还顺手把捆纸片的封条都扯断了。这下子，即使有人看见，也可以大大方方地说这是一袋垃圾。

“生意”做完了，怎么出去还是个麻烦事。从“水”字房出去的话，大厅是唯一的出口，人多眼杂，不够安全；厨房里躺着一具香艳的死尸，想想都冒冷汗；其他房间是不是有出口还是个未知数，而且还不知道刚才那个神秘人影离开厨房之后是不是会潜入别的房间……

思前想后，小蝴蝶一咬牙，得，硬着头皮走厨房，看能不能翻窗户出去吧。

摸索着原路返回，听听屋里依然没有动静，小蝴蝶这才放心大胆地推开暗门，从夹壁墙里走了出来。

莫妮卡的尸体还在冰柜后面横着，小蝴蝶嫌恶地扫了一眼，抬脚便走，却又突然停住，回身疑惑地看着莫妮卡口袋里露出的小半张光盘。

见鬼，怎么看着挺眼熟似的？

小蝴蝶心中嘀咕一句，转身又要走，但终究敌不过作祟的好奇心，回转来俯身抽出那张光盘，借着月光细细端详，终于确定就是夹壁墙内钱箱旁边的那一张！

“原来打我的就是你这个死女人！活该！”小蝴蝶愤愤地骂出了声，恶狠狠地瞪着莫妮卡。摸摸后脑勺上仍然隐隐作痛的包，她还是不解气，抬脚便踢。

变故再次发生了！

小蝴蝶的脚踢到莫妮卡的身上，就听到一声痛叫，紧接着，尸体动了！先是头转了过来，接着胳膊也抬了起来！

诈尸！！！

小蝴蝶“嗷”地一声惨叫，连窜带蹦地躲到屋角，浑身瑟瑟发抖。

作为一代“侠盗”，小蝴蝶虽然学历不高，却非常注重提高自己的业务素质，经常在地摊上买些穿越啊、修仙啊、妖魔鬼怪啊之类的盗版书进行观摩，其中最喜欢的类型就是探险盗墓，书里那些搬山倒斗无所不能的前辈高手是她无比崇敬的偶像。她记得书中说过，尸体如果变成“粽子”，就会根据“生气”的来源找到活人，后果嘛，当然就是活生生大卸八块直到将其发展成自己的同类。这“生气”泄露的主要渠道之一就是呼吸之气，所以，虽然吓得直想哭，小蝴蝶还是努力屏住呼吸，不给“莫粽子”丝毫可乘之机。

小蝴蝶的那声惨叫似乎并没有惊动那只“莫粽子”，只见她一颤一颤地站起身，像是很疲倦似的，先长长地伸了个懒腰，又理了理凌乱的头发，摘下沾着的一片菜叶，然后四下打量着，似乎有些迷惑。小蝴蝶一边哆嗦，一边紧张地回忆自己阅读过的盗版“教材”里有没有爱干净整洁的“粽子”，以及应该采用什么对策，结果当然是没有，所以只好继续抱着垃圾袋哆嗦。

“莫粽子”静立片刻，在身上摸了摸，似乎有些吃惊，然后，她开始走动了！只见她小心翼翼地迈步，扭腰，摆臀，高跟鞋没有发出一点声响。小蝴蝶虽然紧张，还是立马发现不对——书上说过，“粽子”的关节很僵硬，动作也不流畅，这个“莫粽子”却活动自如左顾右盼，除了姿态不够光明磊落，好像没有其他毛病……难道，难道这女人其实是吸血鬼？小蝴蝶脑子里乱七八糟地想着，越想越紧张，越想越害怕。

也许是小蝴蝶不小心弄出了什么动静，莫妮卡猛然回头，神情戒备地一步一步走来。小蝴蝶心下惨然，想不到一代“侠盗”，居然会夭折在一只“粽子”嘴里，老天爷太不长眼了啊！悲壮之情油然而生。

看清楚屋角躲的是谁，莫妮卡眼中闪过一丝惊讶，又像是终于松了口气。看到她这眼神，小蝴蝶心头灵光一闪。

“你到底是人还是鬼?!”

“你怎么会在这儿?!”

两人同时脱口而出。

话音未落，小蝴蝶已经发觉不对，跳起来就往门外跑。“莫粽子”的反应也不慢，更胜在身高腿长，又离门较近，抢先一步堵住门口，转过身来得意地一步步向小蝴蝶逼近，那眼神，就像是看见小老鼠的猫。

小蝴蝶终于可以确定自己面对的不是“粽子”，而是活生生的莫妮卡。

但是，不管是莫妮卡还是“莫粽子”，小蝴蝶面临的最迫切的问题就是，怎么出去？

三、19：15　小女贼有大杀器

此时的“天人一”大堂里热闹非凡。

蔡哥的加长豪华车开到了大门口，车载音响开着，雄浑激荡的摇滚乐响彻云霄；而蔡哥自己已经满脸醉意，跟着音乐的节奏手舞足蹈，还不时跟这个那个拉拉扯扯，大着舌头说他的高尔夫“梦之队”，不过几乎没有人能听得清他在说什么。

相比之下，谭大师就专注了许多，只和小蕾、小蕊两人一起推杯换盏，神情肃穆地给两位“小天使”畅谈人生的奥义，不时赞赏地拍拍人家的小手。

夏有米被灌了几杯酒，涨红着脸，崇敬地望着谭大师，赞叹道：“这人，可真能掰扯……”旁边的封不平搂住他的肩膀，口齿不清地小声说：“人家吃的就是这碗饭，你，就是给他端上来一撅狗屎，他也能分析出来这里面的道道。要不，怎么是大师呢？”说完就自顾自嘎嘎大笑起来。

最沉闷的几位当数老梅、小梅和小柯。老梅端坐如山，目不斜视地吃菜喝酒，但当小梅和小柯隔着他挤眉弄眼使眼色的时候，他却会不失时机地咳嗽两声，吓得两个年轻人耷拉着眼皮不敢放肆。

最投入的人是功夫明星金灶沐，他几乎没怎么喝酒，很专心致志地五个菜盆轮流夹菜——谭大师说了，家明的生辰八字缺金缺木缺水缺火缺土，不趁这个机会好好用五行大餐补补，怎么能对得起自己呢？

狗狗依然穿着那身老虎衣服，酒精已经让他的脸和鼻子的色差消失殆尽，但这位永远忠诚的狗腿子丝毫没有忘记封叔交给自己的职责，抱着酒瓶子四下乱看，发现谁的酒杯空了就立马倒上……

他们都不知道，在“天人一”的厨房里，此刻正上演着一场大战……

厨房里，小蝴蝶和莫妮卡的战斗已经进行了好几个回合。莫妮卡一看就是练家子，出手凶狠，招招式式都直指要害。小蝴蝶虽然身体灵活，高低闪避进退自如，但财迷心窍的她一刻也不愿意把手里的垃圾袋放下，拎着几公斤的东西辗转腾挪，难免有些力不从心。如果不是厨房里东西多，地形复杂，莫妮卡又时刻注意堵住门口，她老早就吃亏了。

情急之下，小蝴蝶抓起操作台上的东西随手乱砸。莫妮卡面带冷笑，苹果来手抓，白菜来脚挡，直到操作台上的苹果、香蕉、土豆、洋葱都扔得差不多了，她还是一次都没中招。

小蝴蝶目瞪口呆，不禁由衷地发出赞叹："我靠！你这功夫是跟水果忍者练出来的吧？"

莫妮卡气息一滞，手脚停了一瞬，这个打架时还能天马行空胡思乱想的对手实在让她有些哭笑不得。她正收敛心神再次提起杀气，只听得小蝴蝶一声低吼："小心，炸弹来啦！"朦胧的月光映照下，伴着一声呼啸，一个黑黑扁扁的东西飞了过来，果然与前面的水果蔬菜大有不同。

莫妮卡下意识地抬手去挡，挡倒是挡住了，但手臂上传来的直入骨髓的剧痛，却让她忍不住发出一声低低的惨叫。那个"炸弹"在给她造成伤害之后，"咣当"一声，很响亮地摔在地上，把刚刚受伤的莫妮卡吓得魂飞魄散，捂着胳臂匆忙四顾，生怕有人听到声音赶过来。

幸好，隔着一扇门，大堂那边传来的摇滚乐依旧震耳欲聋，似乎并没有人注意到厨房里的这些响动。当莫妮卡心神稍定，看清地上那颗差点把自己胳膊打折的"炸弹"时，鼻子差点没气歪了——那赫然是一口平底锅。

还没等莫妮卡有所反应，新的一批"大杀器"又接踵而来——操作台上的品种很丰富，水果蔬菜扔完了，还有锅碗瓢盆。小蝴蝶看出心怀鬼胎的莫妮卡不愿意被人发现，出手便更加肆无忌惮。反正她只是个贼，就算被抓住了，钱都还在，封不平这个失主想来也不至于太为难她，但如果落在莫妮卡这个阴险毒辣的女人手里，恐怕后果并不会比遇上"粽子"好多少。于是乎她不管三七二十一，操作台上不管什么东西，只要能搬得起扔得动的，一股脑儿全部甩了过来。

小蝴蝶的疯狂举动让可怜的莫妮卡心胆俱裂。杯盘碟碗虽小，杀伤力却明显比水果蔬菜高了不止一个数量级，而且目标小、速度快，闪避的难度大了许多。特别是大盘子、炒锅之类的大件，即使原本碰不到她身上，她也得冲上去，宁可拼着身上再受一处伤也得把它们接下来，再以一个相对安静的方式扔在地上——这些玩意儿如果摔在地上，声音肯定小不了，万一真招来三两个围观群众，她苦心设下的这个局岂不是白费了？

终于，在付出腰眼上挨了一记茶杯的代价，用那只受伤的手臂接住一只直径足有二尺的不锈钢面盆之后，莫妮卡彻底被激怒了。更何况，直到抓住那只面盆，她才发现盆里居然还有一个五六斤重的湿乎乎的面团，这才明白为什么这盆死沉死沉差点把她的胳膊扯断！

愤怒的莫妮卡主动放弃了对门口的蹲守，以面盆为盾牌向小蝴蝶直逼过来。她脸上的狰狞表情让小蝴蝶打了个寒噤，竟有马上掉头逃跑的冲动。操作台上已经没有几样趁手的东西，即使有也不可能攻破面盆的防线，所以小蝴蝶放弃了攻击，不再无谓地浪费力气，拎着她的宝贝垃圾袋，和莫妮卡隔着操作台，气喘吁吁地对峙。

突然，小蝴蝶踩到一根圆溜溜的东西，脚下一滑，摔了个四脚朝天。莫妮卡顿时放松下来，随手把面盆扔在操作台上，面带得意的狞笑，迈着模特步，慢悠悠地扭将过来。虽然每扭一步，身上的明伤暗伤都会扯得她嘴角一阵抽搐。

惊慌失措的小蝴蝶随手在地上乱抓，一把攥住了让她摔倒的罪魁祸首——一根皮水管，不禁大喜过望，抓着水管连滚带爬地冲到水槽边，飞快地把水龙头开到最大。正在摆优雅的莫妮卡刚刚反应过来，白茫茫的水龙已经笼罩了她的全身。

这根水管平日里一直接在水龙头上，是三厨冲洗地面用的，附带还用来浇窗外地上的花草，长可数米，水流强劲，落在小蝴蝶这颇有匪气的小贼手中，的确是一件进攻利器。只见她把皮管口捏得扁扁的，让水流流速更快、杀伤面更广，而且时高时低时上时下时左时右，进行全方位攻击，不过数秒之间，莫妮卡已经披头散发浑身精湿，狼狈地抬手遮脸步步后退，好几次差点摔倒在水里。她胳膊上腿上的几处明伤被冷水一激，更是针扎一样疼痛。

到底是女人，看着对手的衣裙紧紧地贴在身上，原本就已经十分诱惑的身段更显得凹凸有致，刚刚脱离险境的小蝴蝶心中竟然生出一丝妒意。她挥舞着水管冲上前去，要速战速决，把这个恶毒的漂亮女人打翻在地，然后胜利大逃亡！

正当小蝴蝶自以为胜利在望的时候，悲剧再一次降临在她的头上——奔出没几步，她便觉得手中一轻，喷射的水柱瞬间萎缩，水槽里却响起了欢快的哗哗流水声。小蝴蝶心中暗暗叫苦，回头望去，果不其然，不知是她扯得太用力还是水压过大，反正水管已经脱离了水龙头的束缚，死蛇一样瘫在地上……

形势陡转。莫妮卡用力抹了一把脸上的水，怨毒的眼神死死地盯着小蝴蝶。自打走进了“天人一”，先是被狗狗泼了一身凉茶，又莫名其妙地被放翻，再被人野蛮搬运磕磕碰碰蹭得满身满脸的灰土（虽然她到现在还没弄明白这到底是怎么回事）；等到清醒过来，费尽周折弄到手的光盘却又不翼而飞；最初跟小蝴蝶动手的时候，她也完全没把这个不起眼的小贼放在心上，满心以为会手到擒来，可居然被这种胡搅蛮缠的无赖打法弄得遍体鳞伤……莫妮卡十几岁就出来混世界，身材好，脸盘靓，脑瓜灵，下手狠，一直风风光光，把男人女人玩弄于股掌之上，何曾有这么狼狈过？

莫妮卡的邪恶杀气充斥了整个厨房，一向不怕天不怕地只怕老鼠和鬼的小蝴蝶终于有些胆寒。随着莫妮卡一步步的逼近，小蝴蝶一步步后退，两手绝望地四处乱摸，希望老天爷能送自己一件制敌的武器。

不知是不是老天爷听到了小蝴蝶心中的召唤并大发慈悲，她居然摸到了一把餐刀！小蝴蝶立马精神起来，虚张声势地举起刀，努力作出凶狠的表情：“别过来！再过来我就不客气了！”

外强中干的小蝴蝶当然吓不倒身经百战的莫妮卡，只见她阴森森地一笑，伸手抓住裙子的下摆一用力，“哧啦”一声，原本短得只包住屁股的短裙被撕开一条直到大腿根的口子。

小蝴蝶不明所以：“嘁，别跟姐们儿来这个，我又不是拉拉。”

话音刚落，小蝴蝶就知道自己错了——莫妮卡并不是要对她实施性骚扰，只是因为湿透了的短裙紧绷绷的，妨碍了行动。小蝴蝶只觉得眼前一花，一条白花花的长腿呼啸而至，接着手腕一疼，餐刀已经打着旋儿飞上半空。

说时迟那时快，莫妮卡垫步上前，双手直取小蝴蝶的面门。

惊慌失措的小蝴蝶什么都顾不得了，一声大叫，举起手中的垃圾袋迎头便砸。

无巧不巧，飞起的餐刀又打着旋儿落下，正好切在垃圾袋上。淡红色的钞票摆脱了束缚，欢天喜地地飞扬起来，扬扬洒洒飘飘悠悠，如天女散花一般。

在飞扬的钞票中，一只小小的金色光盘晃晃荡荡地落下来，落在地板的积水上，映着月光，亮亮的，顿时吸引了两人的视线。

为丢失光盘懊恼了半天的莫妮卡心中一阵狂喜。虽然她还不能确定这是不是自己丢失的那一张，但至少多了一点希望。她顾不得再收拾已经明显没有还手之力的小蝴蝶，向光盘直冲过去。

小蝴蝶虽然经常犯迷糊，却也不是傻瓜。眼前这个女人在夹壁墙里把自己打晕，对她自己带来的满满一箱钞票没放在心上，单单拿走了这张光盘，足以证明这东西对她来说非常重要。只要能把光盘抢到手里，没准儿就是一条生路。

两人几乎同时冲到光盘跟前，同时伸出手去。

电光石火之间，只听得莫妮卡一声低哑的嘶吼，身子往一边猛栽出去，把地上的积水砸得四处飞溅；而小蝴蝶却得意地一笑，伸手抓起光盘，三步并作两步跑到冰柜跟前，略略摆弄两下，暗门一开，她便闪了进去。

原来，两人几乎同时出手，但不同的是，莫妮卡伸手去抓光盘，小蝴蝶却是一记手刀，劈在莫妮卡曾经被平底锅砸伤的手臂上。

当机立断，下手稳、准、狠。直到这个时候，才真正显示出小蝴蝶这一代“侠盗”的过人之处。

莫妮卡捂着手臂从水里爬起来，俏脸痛苦地扭曲着，嘴里“咝咝”地直抽凉气。她不得不承认，自己的确是小看了这个小毛贼。

但是，当她悲伤地望向小蝴蝶消失的方向时，嘴角却忽然浮现出了一丝微笑——也许是小蝴蝶逃命心切忙中出错，也许是机关出了什么问题，暗门居然没关严！

第九章

一、19：35　听天由命

夹壁墙里黑洞洞的，伸手不见五指。莫妮卡屏住呼吸，静静地听着周围的动静。刚才一进暗门她就有些后悔，虽然是前后脚，却已是敌暗我明，如果小蝴蝶埋伏在旁边奋力一击，她怎么死的都不知道。但随即就释然了。小毛贼毕竟是小毛贼，如果小蝴蝶真有这么缜密的心思，那么刚才落荒而逃的人可能就不是她了。暗门一关，四下皆黑，这时候比的就是耐心，谁能挺得住，谁就能占到先机。再说，夹壁墙也就半米来宽，小蝴蝶又能躲到哪里去呢？

因为进夹壁墙相差时间不长，莫妮卡猜想小蝴蝶不会冒冒失失从其他的出口出去，那样只能马上暴露自己。所以她全神戒备，沿着夹壁墙一步一步慢慢前行，并不刻意掩饰自己行动的声音，以增强对小蝴蝶的威慑。虽然刚才已经在里面走了一趟，莫妮卡却不敢想象封不平这个奸商会在夹壁墙里设几个出口，就像她前面稀里糊涂走进厨房那样，如果还没找到小蝴蝶就再次莫名其妙地出去了，她又没有小蝴蝶溜门撬锁的手艺，再想进来可就麻烦了。

终于，前方传来轻微的衣服摩擦的声音。莫妮卡心中大喜，猛地扑上前去。小蝴蝶知道自己藏不住了，索性也放开手脚拼命一搏。夹壁墙里空间狭窄，根本没有地方可以躲闪，二人的拳脚全都没头没脑地向实处招呼。霎时间，拳脚到肉的闷响，竭力压抑的痛叫，身体在墙壁上的碰撞声，在夹壁墙里接连响起。

在黑暗的环境里，拳脚功夫完全丧失了意义，很快，这场打斗回归了原始社会，成为纯粹的原生态贴身扭打。技巧高超又身高腿长力大的莫妮卡明显具备先天优势，很快就掐住小蝴蝶的脖子把她压在身下。憋得直翻白眼的小蝴蝶故技重施，拳头死命向莫妮卡胳膊、大腿上招呼，迅速扳回一局，爬起来就跑。强忍伤痛的莫妮卡心中大怒，飞起一脚踢在小蝴蝶的背上。

虽然这一脚抵达小蝴蝶身体的时候已经是强弩之末，但那四寸高的细鞋跟却依然具有极强的杀伤力。小蝴蝶一声痛叫，身子重重地撞在墙上。然后……伴随着一阵掌声，墙上突然出现一片光明，小蝴蝶以头抢地，翻翻滚滚地进入了光明世界——莫妮卡的担心果真成为了现实，在她们跟前就存在一个上次进来没有注意到的暗门，而且，这个暗门的出口居然就是“天人一”的大堂！

幸好有这道暗门做缓冲，小蝴蝶才没有头破血流，但摔得也着实不轻。不过，莫妮卡对她的穷追猛打更让她确信光盘的重要，索性一不做二不休，抬手一甩，光盘在空中画出一道金色的弧线，飞了出去。

这也是在暗门自动闭合之前，莫妮卡看到的最后一个画面。

此前，在小蝴蝶与莫妮卡在夹壁墙里险象环生殊死搏斗的时候，大堂里的饭局也接近了尾声。

或许是因为音乐声过于吵闹，大老总和老梅不知何时悄然离席而去。长者的缺席进一步降低了饭局的严肃性，原本就已经有几分醉意的小梅拍着蔡哥的脑袋大叫：“老蔡老蔡，你这音乐吵死人啦，太没品啊。”

久经酒场的蔡哥一向酒品甚差酒风甚好，本来大老总在场时还有几分收敛，但到了七八分醉的时候，已经完全放开，拎了一瓶白酒自斟自饮自说自话。作为一个一次性购买五百条 LV 纸内裤的有钱人，他一向容不得别人质疑自己的品位，更何况是一个黄毛丫头。只见他把酒瓶子往桌上一蹾，大着舌头非常严肃地对小梅说：“丫头，你，你蔡哥有钱，有钱，就有生活质量，就有档次。这不就他妈歌吗？哥这就让你听听，什么叫那个啥啥啥，高雅音乐！”

说着，他就跌跌撞撞一步三斜地出去，在车上摆弄了几下，一曲软软的男声飘进了大堂：

“亲爱的，你慢慢飞，小心前面带刺的玫瑰……”

这当然就是谭大师今天刚刚赠送给蔡哥的高品位音乐。

小梅拍着桌子大笑：“高雅！笑死我了，哈哈哈。”她抓住旁边小柯的手臂不停地摇晃，“柯，你来，给这家伙听听啥叫高雅音乐。”

作为一名温和的音乐从业人员，小柯刚才在摇滚乐和老梅的双重包围下一直如坐针毡，喝酒也只微微沾唇而已。老梅的暂时离去让他稍稍松了口气，但这个喝了不少闷酒的小女友也不比老警察省心。但看着小梅红扑扑的脸蛋，水汪汪的眼睛迷离着，他深知拒绝将会带来的严重后果，只能挠着头皮苦笑着说：“啥高高高高雅，口水歌歌歌也挺好的嘛……”

小梅果然不乐意了，嘟起嘴巴：“你怎么这么没自信啊？你随便唱唱不就比这个谁高雅了？”

蔡哥捧腹大笑：“小妹妹你笑死我了，他一个磕磕磕磕巴还能唱歌？”他促狭地学着小柯的口吻。

别看小柯在老梅面前畏畏缩缩，但老梅是他未来的老丈人，不管怎么苛责挖苦，即使心里憋气，他也得看在小梅的面子上死扛着。蔡哥这话可太伤他的自尊，小柯拍案而起：“你你你你不要小看人！我我我我我这就唱给给给你看看！”

小梅立马跟上：“就是就是，咱们一起来，震震他，谁让他看不起人！”

谭大师抚掌大笑：“良辰美景，美酒佳肴，美人相伴，壮士歌高。妙哉啊妙哉。”他摇摇晃晃地扭头四处看，“咦，小蕾，小蕊，这两丫头上哪儿去了？”

小蕾和小蕊实在受不了谭大师的“启迪”，早已悄悄地躲在墙边的小桌子上，一边嗑着瓜子，一边百无聊赖地玩骰子。看见小柯突然激昂起来，这两个极有八卦娱乐精神的丫头也一下子振奋起来。

车载音响停止了工作。场面一下子寂静下来。

月光和烛光下，小柯深情地望着小梅的双眼，深情地唱道："难解百般愁，相知爱意浓。"

小梅兴高采烈地："情海变苍茫，痴情遇冷风。"

想到老梅的冷眼，小柯不禁悲从中来："纷飞各天涯，他朝可会重逢。"

小梅却浑然不觉："萧萧风声凄泣暴雨中……"

的而且确，只要是一唱歌，小柯还真的一点儿都不磕巴。

蔡哥的眼睛直了，喃喃地道："还真他妈有这种事？"

小蕾、小蕊已经鼓起掌来。

深沉的夜色里，清朗的月光下，唱起一支忧郁的老情歌，似乎连酒精的兴奋都减了几分，让人不由得伤感起来。

封不平拉着夏有米，眼圈红了："老虾米，我对不起你啊，打小儿光屁股一起长大，我老占你便宜，一占就是三四十年啊……"

夏有米早已喝高了，猛地一拍封不平的肩膀，痴痴地笑道："这话……我爱听，咱马上，马上就结账！"说着就抖抖索索地从口袋里掏出计算器来，期待的目光投向封不平，"三年半一起结了吧，啊？"

封不平哭笑不得，连续多日的郁闷在酒精的发酵下膨胀起来，他长叹一声："老虾米啊老虾米，不是我不想给你结账，是我没钱结啊……"环视着苦心经营三年半的饭馆，想着明天未知的命运，他不禁有些感伤。

狗狗抱着酒瓶子，红着眼睛走到封不平身边，向他深情地表白："叔！俺是你从街边上捡回来的，你老骂俺揍俺修理俺，俺知道你为俺好。只要你不嫌弃俺，俺一辈子都是你忠实的狗腿子。"

看着这个平时总被他呼来喝去却又一直忠心耿耿的狗腿子，封不平的眼泪差点下来。他揉揉鼻子，掩饰地咧嘴乐："狗狗，好好的说这干啥……"

小梅终于感觉到了小柯情绪的异样，看着他深情款款地歌唱，心里有些难过，鼻子一酸，轻轻拉住他的手，齐声唱出最后几句："夜漫漫路上珍重！"

一曲既罢，两人执手相对，黯然神伤。

听众们却不知道其中的是非曲折，只当二人唱得太投入，纷纷鼓掌叫好。好事者如蔡哥者，还拿出听演唱会的手段，打起了响亮的口哨。

大堂内顿时一片喧嚣之声。

在离大堂不远的“土”字房内，一个黑影悄悄地拆开了监控器主机电脑……

也正是在这个时候，小蝴蝶翻翻滚滚地从夹壁墙里摔了出来，手一挥，把光盘甩了出去。而她自己也强忍疼痛，伏地一滚，就近钻到了桌子底下。

二、19：42　偷鸡不成蚀把米

光盘在空中画出一道金色的弧线，正正地击中谭大师的后脑勺。

谭大师正强睁醉眼，准备整两句好词来赞美这个男女对唱节目，以显示自己的大师风范，突然遭此一击，刚想好的两句顿时飞了，心中不禁大怒，回头大喝一声：“谁?!”

只见月光如水烛影摇风，身后哪里有什么人呢?

桌边众人被大师这一嗓子吓了一跳。坐在他旁边的蔡哥伸手在他眼前晃晃：“大师喝醉了?”

谭大师也有些尴尬，掩饰地哈哈一笑：“酒后失态，莫怪莫怪。哈哈……”

脑袋这么转了两圈，谭大师突然觉得酒意上涌，连忙起身，却发现地上有一张小小的金色光盘，他摸摸刚才脑袋被打的地方，有些纳闷，弯腰捡起光盘，随手塞进衣兜里，跌跌撞撞地向洗手间而去。

刚走进走廊没几步，他就忍不住了，冲到“水”字房不远处的角落里，抱着垃圾桶，“哇”地一声，已经分不清颜色的五行大餐就带着酒气告别了他的五脏庙。

翻肠倒胃地一通呕吐，谭大师几乎要虚脱了，有气无力地直起身来，摸出块纸巾在嘴上敷衍地抹了抹，背靠墙壁两眼迷茫。

恍惚中听到旁边的房门轻响，谭大师晃悠着脑袋转脸看去，突然一下子精神了——莫妮卡小心翼翼地从“水”字房里走出来。刚才开饭的时候，谭大师就一直在惦记着这位行踪飘忽的美女，但在场的人太多，他堂堂大师不可能向封不平打听一个女人，心里遗憾了好久。可是没想到老天开眼，居然在这个幽暗的环境里单独相遇，莫非真是前世里修来的缘分？

莫妮卡当然不会知道谭大师的这场心理活动，她很郁闷。夹壁墙里的一场打斗，眼看着小蝴蝶就要手到擒来，没想到突然出现的一道暗门硬是把她即将到手的胜利化为乌有。透过缝隙，她看见小蝴蝶钻进桌裙，不禁暗暗咬牙。但大堂人多眼杂，小蝴蝶没被人发现只是运气，因为那时小柯和小梅吸引了众人的注意力。她却不敢冒险跟着从墙里出来，更不可能在大庭广众之下继续追杀小蝴蝶，只好眼睁睁地看着，没有一点办法。

思前想后，她还是决定从“水”字房老路返回，厨房那个充满危险的伤心之地，她可是再也不想进去了。

从“水”字房的弥勒佛后面钻出来，莫妮卡打开房门四处观察，发现走廊里没有一点动静，这才闪身出来，想趁乱伺机溜出去寻找小蝴蝶的踪迹，但刚走出没几步，旁边黑暗的角落里突然闯出一个人来，笑嘻嘻地向她打招呼：“嘿，美女，在这儿干什么？怎么没有一起吃饭啊？”

莫妮卡吓了一跳，待看清是谁，又闻到一股浓郁的酒气，不禁皱起眉头。但此刻她又不想弄出太大动静，以免引起大堂里众人的注意，只好强装笑颜：“外面人太多了，我不习惯这么吵。”转向欲走。

谭大师却不愿意看着眼前即将煮熟的鸭子飞走，何况还是这么漂亮的一只鸭子，他嘻笑着抢上前去：“真巧啊，我也是喜欢清静。要不，我们一起来探讨一下国学的奥秘？”说着一把抱住莫妮卡，嘴巴就伸了过去。

扑鼻的酒臭气让莫妮卡直反胃，她竭力挣扎，无奈在和小蝴蝶的打斗中耗尽了力气，酒后的谭大师又颇有几分蛮力，被他两臂紧紧箍住的腰上又恰恰被小蝴蝶用茶杯砸伤，一用力就疼痛难忍，竟是挣脱不开。

谭大师的嘴在莫妮卡怀里兴奋地乱拱，还含含糊糊地嘟哝着："小乖乖，别闹啦，被别人听见多不好啊。咦？你的衣服怎么都湿啦？"

见谭大师要把丑事做得隐秘，莫妮卡微微冷笑，顿时有了主意，原本推搡的手顺势搭在谭大师肩上，凑到他耳边低笑："堂堂大师居然是个急色鬼，原来你也怕被别人看见呀？好没羞哦……"

怀里的美人儿不再挣扎，娇滴滴的声音又伴着香气钻进耳中，谭大师的骨头都要化了，忙不迭地点头："当然当然，钻研国学探讨人生这么重要的事情，怎么可以被别人打扰呢？"

莫妮卡揪住谭大师的衣领，吃吃地笑着："死样，我们到包厢里探讨嘛。"

谭大师大喜过望，忙不迭地点头。

洞察宇宙至高哲理的谭大师眼中只有面前这两坨丰满挺拔活力四射的软肉，当然不会看见怀中美女虽然娇声媚语，眼中却闪过一丝狞恶。

莫妮卡顺手推开旁边的门，半推半就搂搂抱抱地和谭大师进了"水"字房。一进屋，她就轻扭腰肢，挣开了谭大师的手。

"大师呀，您这么有智慧，告诉人家应该怎么探讨人生哲理嘛！"

谭大师嘻笑着又往前凑："人生最重要的就是健康，你看你这么千娇百媚的人儿怎么这么不小心，把衣服都弄湿了，这种生活态度很成问题嘛！来来来，让我帮你脱了吧？"

话音刚落，他的脑门就被一根纤纤玉指重重地戳了一下，耳边香风拂处，一个娇滴滴糯滋滋羞答答的声音传来："没安好心。自己都没脱，光想着脱人家的衣服。人家才不要呢……"

看着面前扭动喘息的娇躯，谭大师恍然大悟，笑得心花朵朵开："是是是，当然应该男士先来。"说着就飞快地把上身唐装、背心脱掉，又低头手忙脚乱地脱裤子。

正当他幻想着春宵一度的美梦时，后脑勺上挨了重重一击，哼都没哼一声，就一头栽倒在地上。

“死色鬼，活得不耐烦了。”莫妮卡放下手中的木凳，恨恨地道。

黑暗里，看不清莫妮卡的表情，只有她恶毒的眼神闪闪发光。

三、19：45　老刑警的发现

小柯和小梅的一曲老情歌让他们本人触景伤情，也勾起了封不平的满腹心事。他先是与夏有米相对欷歔了一番，又望向桌边的几位食客。

小柯、小梅还没有从歌中走出来，红着眼圈对望，旁若无人；功夫明星金灶沐吃了太多的五行大餐，正捧着肚子打嗝；狗狗觉悟表白之后一坐下，就一头撞在桌上，打起了小呼噜；蔡哥正大着舌头不知趣地拍着小柯的肩膀，夸奖他唱的比原唱屠洪纲还好听；小蕾和小蕊正没精打采地打着哈欠；他身边的夏有米强睁醉眼半天一指头地按着计算器……大老总和老梅离席较早，他是看见了的，大概会是去湖边看风景；谭大师什么时候没了他却也不知道。不对啊，今天不还招了一个服务员吗？怎么试用第一天就敢旷工？

算啦，他们在与离开，又能有多大区别？老梅是个瘸子，看那模样也只是普通市民；谭大师国学、风水、成功学说得一套一套的，如果没有自己这种傻冒，他又怎么会取得成功？至于大老总，就算真的手眼通天，现在也应该没什么作用了吧，更何况人家屁股让不让你的脸贴还是个未知数。三年多来，辛辛苦苦做饭局，满心想着左右逢源财源广进，没成想最终把自己做了进去，千方百计千辛万苦又有什么意义呢？想起几年来开店的辛酸，想起厨房里躺着的那具莫名其妙的美艳女尸，他不禁悲从中来。

“诸位，干了这杯中酒，咱们今儿这饭局，算是散了……实不相瞒，今天，不是我生日……但是！今天又是我生日。”

众人被他这番话搞得你看看我，我看看你，都不明所以。

“打外面儿瞧，我这儿是高朋满座，名流如云，何等风光！其实呢，就他妈一个空膛子，里面狗屁都不是！这位老夏，我们打小儿一起尿泥砸炮的，我买了三年半的海鲜，钱没给过人家，为什么？狗狗，小蕾，小蕊，你们跟我几年，我还欠你们工资，这是为什么？说起来真他妈是个笑话，别人说起我这天人一，总说这是全城最有名的最贵的饭馆，其实呢，我他妈就是一穷光蛋，欠货款、欠工钱、欠电费，搞到大家吃顿饭还得点蜡烛……这屁的浪漫啊……

“所以，今儿这桌，是我这儿最后的一个饭局了。老子也他妈重获新生。打今儿起，天人一，没啦，哈哈哈……”

说着，封不平端起酒杯一饮而尽，号啕大哭起来。

众人面面相觑，不知道他这是真心话还是发酒疯。

狗狗被惊醒过来，一见封不平的疯狂表情，他也急了，一把拽住封不平的胳膊：“叔，你怎么了叔？你们，是不是你们欺负我叔了?!”后面这句话却是对桌上众人说的。

众人哑然，都不知道该怎么说这件事。

啪，啪，啪……

饭店里突然响起拍巴掌的声音。

大家转头看去，只见走廊的深处，老梅一瘸一拐地走了过来。

“真没想到，来吃个饭，却看到好戏连台啊。自我介绍一下，兄弟梅澄宇，没啥大本事，所以只能当个小刑警。”

一听这话，封不平一下子哭不出来了，惊恐地望向身边的夏有米，却正好与他同样的目光对在了一起。

老梅一个一个地看着众人的脸，眼神很值得让人玩味：“就在刚才，我有一些发现，不知道大家有没有兴趣跟我再去看看?”

夏有米慌了，“噌”站起来，张嘴正要反对，旁边的封不平却一把拽住他，站起来说：“那我们就跟梅警官一起去看看吧。看看有什么稀罕事情。”他语气淡然，神情中带着如释重负的解脱。

说完，他就率先向老梅走去。夏有米张了张嘴，似乎想叫住他，又没出声，长叹一声，跟在后面。其他人也纷纷起身离座。

“从今天下午来到这里，我就发现这饭馆很蹊跷。服务员不像服务员，大厨不像大厨。所以，在你们纵情高歌的时候，我来到了这儿……”老梅一边带着众人往厨房走，一边说。

小蝴蝶从一个柱子后面闪出来，悄悄跟在后面。

一向迷糊的小蝴蝶没有发现，大老总不知什么时候出现在她身后，面无表情地跟着大家一起走去。

众人走进厨房，顿时发出一阵惊呼——整个厨房乱七八糟，地上满是积水，原本应该在操作台上的水果、蔬菜、餐具、厨具扔得到处都是，水龙头还在哗啦啦地流水……但这些都不是重点，最醒目的，就是桌上、地上散落的钞票。

封不平本来还以为老梅发现了莫妮卡的尸体，本着豁出去的心态主动跟来，准备坦白交代的，没想到会看到这样一个场景，不禁心神大乱。他三步并作两步跑过去，往冰柜后面扫了一眼，发现空空如也，顿时急得不知如何是好。

“这这这，这到底是怎么回事?”

他下意识地弯腰拾钱。却被老梅一声喝住：“别动！要保护现场，更何况，这些都是假钱!”

假钱？封不平手上捏着一张钞票，茫然地看着老梅。

“的确是假钱。是做得很逼真的假钱，没有足够的经验，光凭目测是没法辨别出来的。”

封不平顿觉天旋地转，眼前一黑，差点摔倒。

老梅从口袋里摸出一双手套戴上，走到操作台前，拿起一只味精瓶，向门口呆立的众人说道：“在这个味精瓶子里，有一些很有趣的粉末，如果我没猜错的话，它的名字叫做三唑仑，也就是一般人所说的安眠药。”

“安眠药?”封不平和夏有米同时脱口而出。

“是的。而且药力极强。”

封不平和夏有米对视一眼，心里顿时轻松了。

老梅饶有兴致地看看封不平，瞧瞧夏有米，缓缓地道："基于当前的这种情况，我可以肯定的是，我们在场的所有人，已经被卷入了一个离奇的案件当中。"

"什么案件啊？"是蔡哥的大嗓儿门。

"这个嘛，我目前还不知道。"

封不平和夏有米又松了一口气，但接下来的话又几乎让他们崩溃——

"但我可以确定的是，犯罪嫌疑人，就在今天这些人里面。每一个人，甚至可以说也包括我，都有嫌疑。"

众人面面相觑，被老梅搞得一头雾水。蔡哥首先跳起了脚："什么屁话？老子一直都在和你闺女吃饭，最多上了两趟厕所，有什么狗屁的嫌疑?!"

这话顿时引起了小梅的不满："这怎么说话呢？这怎么说话呢？什么叫一直都在和我吃饭？嗯?!"

蔡哥鼓了鼓眼睛，似乎想说什么，但想想自己的话说得好像还真有点不合适，脖子一缩，不响了。

其他人憋不住想乐，但碰到老梅锐利如刀的冰冷眼神，都不禁身上一凉，有点莫名的紧张。

老梅的目光在场所有人的脸上扫过："有一个人，下午一直在饭馆里，也和我们一起吃饭。但现在，他失踪了……"

众人惊讶地互相看着，还是小柯反应最快，脱口而出："谭谭谭谭谭大师?!"

"家明反对！噢，是金灶沐反对……"功夫明星首先表示怀疑，"像他这样的名人，国学大师，怎么会去犯罪？"

"到底会不会，我们找到他就知道了。"老梅冷冷地道，"如果我的判断没错的话，他，应该还在这个饭馆里。"

各个包厢，包括充当保安室监控室的"土"字房，以及封不平的办公室都接连被打开。最后，是封不平最担心却又最不愿让人进去的"水"字房。

房门刚打开，众人同时发出一声惊呼——房间正中的桌子上，谭大师光着身子，浑身上下只有一条内裤，两只手和一只脚被裤带绑着吊在吊灯上，另一脚勉勉强强能够碰到桌面。他的头套已经掉了，随随便便地扔在桌子上，几缕稀疏的头发糊在脸上。或许因为悬空的关系，他的身体还在慢慢地左摆右晃，像是在做芭蕾舞的旋转动作。

众人连忙上前，七手八脚地把谭大师解下来，放在桌子上。夏有米冲上前去，抓住他的胳膊手指一搭，脸色骤变："完了，没脉了，他死了……"

兴奋地拿着手机狂拍的小梅听到这话啐了他一口："这么一大把年纪了有没有生活常识啊？你家号脉都号手背的？"

夏有米一愣，嘴巴张了张，傻眼了。他转向旁边的封不平，只见后者正满怀怨恨地瞪着他，随即脚上一阵剧痛，足有一百来斤的力量。心虚的夏有米不敢言声，牙关紧咬，嘴角一个劲地抽搐，疼出一身汗来。

老梅走到桌前，试了试呼吸，又翻开眼皮看看，冷漠地道："他没死，只是被打昏了，躺躺应该就没事了。"

众人这才松了口气。

金灶沐小声嘀咕："家明……金灶沐就说嘛，谭大师怎么可能是罪犯嘛，他总不可能干了坏事以后再把自己打昏挂在这里的嘛。"

众人暗暗点头，不约而同地转向老梅。

老梅也陷入了深深的思索之中："既然谭大师是受害者，那么……一定另有凶手。"

狗狗撇撇嘴："这话我也会说。"

心怀鬼胎的封不平赶紧瞪了他一眼。

老梅似乎并没有听见狗狗的挖苦，在房间里慢慢踱步："我们进来的时候房间里陈设整齐，谭大师身上也没有挣扎的痕迹，地上的衣服也完好无损，说明是他自己在相对清醒的时候脱下来的……"

"我靠！饭吃到一半跑到屋里裸奔，这他妈谭大师太有情趣了……"蔡哥赞叹道。

几个小女生没心没肺地笑出了声。

突然，屋子里的灯全亮了。

小柯非常激动：“来来来来来来来来来来来……”

旁边众人急了，异口同声大吼：“来电了!!”

“电了……”在众人的帮助下，小柯这口气总算顺了过来。

老梅绝望地一捂脸。

“梅警官，这谭大师现在还不醒，要不要叫救护车啊?”封不平心里七上八下的，厨房里那堆假钱本来已经搞得他心慌意乱，恨不得马上跑去看看保险柜里的那口箱子还在不在，现在又出这么一档子事，他定力再强也乱了方寸。

老梅走到桌边，俯身仔细地审视着这个几乎赤裸的胖男人：“他现在呼吸、心跳都还平稳，应该没有大碍。不过以防万一，还是叫吧。”

蔡哥麻溜儿地跑出去打电话了。

老梅的目光突然停顿了，他抬起头，意味深长地把屋里的几个女人挨个看了一遍，又转向封不平：“封老板，今天在店里的，恐怕不止我们这些人吧?”

四、20：00 交出来轻松多了

封不平慌了：“这，您这是什么意思?”

“没什么意思，我只是发现了一个明显不属于我们的东西。当然，也不属于谭大师。”老梅两指一伸，从谭大师胸口捏起一根长长的、闪着暗红光泽的头发。“所以，店里应该至少还有一个人，一个能让谭大师心甘情愿主动把自己脱光的——女人!”

“难道是她?!”封不平脱口而出。

老梅目光一闪：“谁?”

封不平两手握拳，脸色变幻不定。良久，他绕过众人，直奔佛龛处，摆弄了两下，暗门一开，他便钻了进去。

众人没料到这个普通包厢里竟然还有另外一番天地，不由得目瞪口呆。狗狗和小蕾、小蕊更是想不到自己待了三年多的地方还有暗道，好奇地凑到跟前探头往里瞧。

不多时，就听到里面传来封不平绝望的咒骂声和碰撞扭打的声音。狗狗把老虎衣服的袖口一捋，就要进去帮忙，没提防封不平一声大吼，一个人从暗门里冲了出来，把他撞了个四脚朝天。

“狗狗！抓住她！”

狗狗真不愧是封不平忠实的狗腿子，立马忠实地执行了命令，紧紧地把撞他的人抱在怀里。耳听得众人一阵惊呼，狗狗才发现手感好像不大对劲，定睛一看，怀里居然是一个身着短裙满身尘土的红发女人！

这个女人，当然就是莫妮卡了。

人生总是有很多矛盾，别看莫妮卡很擅长利用自己的身体优势，兵不血刃地征服男人，但看见主动上前毛手毛脚的却又一向十分厌恶，谭大师落在她手里，当然只有倒霉的份儿。

刚才，莫妮卡把谭大师一凳打昏，抽裤带捆绑时，居然从裤兜里掉出一张小小的光盘，正是被小蝴蝶抢走的那张。她不禁大喜。待把谭大师造型摆好悬挂完毕，正要想办法出去，却听到了外面闹哄哄地一群人走向厨房，不大会儿又挨个房间开门查看，她当然不可能坐以待毙，慌忙钻进夹壁墙。

刚刚藏好，众人就进来了，她怕此时行动弄出声响被人发现，便在墙内静观其变。但她没想到的是，封不平居然会当着这么多人的面闯进暗道，此时想逃也来不及了，惊惶失措又浑身是伤的她和封不平一阵扭打之后，被一把推了出来。

“小蕾、小蕊，拿绳子！”狗狗躺在地上大叫。小蕾两人醒过神来，赶紧跑了出去。

封不平无力地从暗门里走了出来，他最不愿意看到的事终于发生了——厨房里那散落的一堆假钞果然就是他的五百万……他恨恨地瞪着还在狗狗怀里挣扎的莫妮卡，攥紧了拳头：“你这个骗子，居然拿一堆假钱来糊弄我，还偷我的东西……”

莫妮卡挣扎着，突然看见躲在众人身后的小蝴蝶，大叫：“你这个蠢货，她才是贼。”

众人顺着她视线的方向看去，小蝴蝶慌慌张张地随口反击：“你，你才是贼呢！贼喊捉贼！”

夏有米看看小蝴蝶，又看看被狗狗死死抱住一起在地上翻滚的莫妮卡，头都要大了：“天啊，我咋啥都弄不明白呢？老封，她不是要买你店的大老板吗？”

“买店？”封不平恨恨地道：“她哪里是想买我的店，她是想来找这个！”说着他抬起手，手中是一张小小的金色光盘。

莫妮卡大惊失色，下意识地挣扎着看自己的口袋。

“你不用看了，就是你口袋里那张，刚才掉在里面的。”封不平的声音很疲惫，“本来我还一直在犹豫怎么处理它，一直在担惊受怕，今天看来，还是把它公开的好。梅警官，请随我来。”

小蕾和小蕊拿着绳子进来，帮着狗狗把垂头丧气的莫妮卡捆成了一个粽子。

虽然封不平只邀请了老梅一个人，但众人怎么可能不亲眼看一下事情的结果，都兴奋地举步出门，老梅却一指小柯：“你，”又一指昏迷的谭大师和捆着的莫妮卡，“留下。”

小柯一愣，但又害怕老梅，只得不情愿地站住了。小梅看出他的心思，抓住他的胳膊轻轻摇了摇，一手举到眼前比画了一个拍照的动作，然后笑着跑了出去。

光盘放进封不平那台有些年头的台式电脑的光驱，办公室里响起了一阵让人牙酸的读盘声。

“刚开店那会儿，我请人装了一套监控系统，不是想偷窥客人的隐私，只是听说很多饭店里员工都是老板面前一套、老板背后又一套，装了这个，至少能对店里的事有个谱，员工该走该留该加薪自己心里有数。其实这些视频都挺没意思，所以一般看看就删掉了。但是有一天，一段视频却让我毛骨悚然……

“这个人想必大家都认识……”

播放终于开始了，出现在画面上的是一个留着络腮胡子，满脸横肉，体格魁梧的壮汉，众人一见觉得似乎有点眼熟，又不知在哪里见过，还是老梅眼光敏锐，说破了壮汉的身份。

“这是刚抓捕归案的一个黑帮老大。”

“啊……”众人惊叹。

再看录像里，黑道大哥独自坐在圆桌前，桌上摆满了菜，他手拿一杯红酒，漫不经心地晃着。

不一会儿，几个黑衣男子带着一个胖子进屋，把门关上。

录像只有画面没有声音，但可以看出，胖子似乎非常的惊恐，进来就向黑道大哥跪下，抱着大哥的腿不知道在哀求什么。大哥给旁边的黑衣男子使了个眼色，几名黑衣男子上前一个扭住胖子的胳膊，一个把胖子的头仰起来捏住他的腮帮迫使胖子张开嘴，而另几位不知从哪里取出了搅拌机、大漏斗、铁条等惊悚的工具，手脚麻利地把桌上的菜迅速地打成浆，把大漏斗往胖子的嘴里一插，颜色诡异的食物开始疯狂地往胖子的嘴里猛灌，不多时，就看见胖子的肚子以一个不可思议的弧度高高隆起。

黑道大哥一直冷漠地看着手下的行动，等桌上的菜都灌得差不多了，胖子张着嘴只有出气没有进气的时候，才凑到胖子耳边，淡淡地说了一句什么，说完，大哥狠狠一脚踩在那恐怖的大肚子上，刚灌下的食物以井喷的姿态喷涌而出，在空中翻飞，呈现出惊悚与恶心交杂的诡异场景……

小梅跟着大家强忍着恶心与惧怕紧张地看着，却不知道此刻她心爱的小柯正面临着奇异的诱惑。

“帅哥，人家胳膊好疼哦，能不能给人家放松一下嘛。”

“水”字房内，看见只剩下了小柯一个人，莫妮卡心里萌生出一线希望，又开始使用她擅长的美人计，冲小柯连抛媚眼，娇声央求。

听到这肉麻的声音，小柯打了个寒战，连忙正襟危坐，眼观鼻，鼻观心，目不斜视，装没听见。

看见这个雏儿如此紧张，莫妮卡心中得意，觉得自己的办法奏了效，继续展开攻势："人家又不是让你放人家走嘛，只是想你给人家松一下嘛。那个死保安下手那么狠，把人家胸口勒得好痛好痛哦。只要你答应我，你想做什么人家都依你啦……"

小柯心中一跳，起了一身鸡皮疙瘩。他下意识地向莫妮卡布满灰尘脏了叽叽的脸看了一眼，头摇得像个拨浪鼓。

"你想想想想想也别想！"小柯坚定地说。

"啊哟哟，你好狠的心哦。人家都跟你说得这样明白了……"莫妮卡一副珠泪盈盈黯然神伤的表情，"你知不知道，人家其实最喜欢磕巴的小男生了，做梦都想找一个磕巴的小男生做男朋友……"

就算小柯再老实，听了这种话也心里发毛，想出去躲躲，但又不放心，坐也不是，站也不是。正在这时，门一开，走进一个人来。

小柯顿时大喜："您来来来来来……"

还没等他后面的"啦"字出口，来人眼中凶光一闪，抬掌便劈。

小柯还没明白是怎么回事，脖根就挨了重重一击，"咕咚"一声，破麻袋一样倒在地上。

来人一边飞快地解开莫妮卡身上的绳索，一边在她耳边小声地交代什么。莫妮卡神情严肃，频频点头。

视频放完了，众人的表情都很难看，肠胃一个劲儿地翻腾。刚才的一幕幕场景仍在眼前挥之不去，残酷得令人发指。狗狗已经忍不住了，捂着嘴巴出门去呕吐。

封不平长长出了口气，自嘲地一笑："他落马之后，专案组四处搜集他的犯罪证据。我很想把这段视频交出去，可是又怕坏了天人一的名声，更怕会招来他同伙的报复……我本来以为自己做得已经很低调很隐秘了，没想到他们还是要对天人一下手……”

老梅沉默着拍了拍他的肩膀。

“梅警官，我想好了，这视频就交给你了。是福不是祸，是祸躲不过。事到如今，我有什么好怕的呢？最多也就是关门倒灶。我还就不信了，他就能这么一直无法无天下去!”

“谢谢你，封老板。”老梅紧紧地握住了封不平的手。

功夫明星拍手赞道：“好耶好耶！坏人就是要受到惩罚。封老板真是好有气概好有气概哦！家……金灶沐好佩服好佩服你哦!”

夏有米神情严肃地凑近去端详着封不平的脸，有些纳闷：“跟你小子认识了四十多年，今天怎么会突然觉得看你挺顺眼呢?”

封不平正要谦虚两句，外面突然传来一声巨响！众人闻之纷纷色变。

第十章

一、20：17　仇人相见

听到巨响，小梅一下子跳起来大叫一声："小柯！"便跑出门去。老梅怕女儿遇到意外，急忙追了出去。众人也跟着跑出办公室，一进大堂，就看见"水"字房的门平平地倒在地上，扬起的尘土还没有消散。

"小柯——"小梅顾不得危险，直冲进"水"字房内。众人跟进去一看，谭大师依旧在桌上昏迷，小柯也躺在地上人事不知，莫妮卡没了踪影，只在地上留下一堆散乱的绳索。

小梅扑过去抱住小柯，叫着他的名字使劲摇晃着，急得哭出声来。老梅上前略一查看，说："不碍。"伸手掐住小柯的人中，按了好久，小柯终于发出了一声呻吟。

小梅见小柯醒转过来，松了一口气，眼泪却止不住地往下落。

"水"字房里一通忙乱，没有人注意到，他们刚刚跑出办公室，就有一个人影飞快地闪了进去。那人在门口略停了停，径直走到电脑前，从光驱里取出光盘，两手一用力，光盘裂成两半。

那人扔了光盘，伸手从桌下拽出电脑主机，粗暴地把各类插线一把扯断，撬开机箱，把硬盘掰了下来。

"你他妈的别想逃！"外面突然传来狗狗的怒吼声。

众人闻听，转身冲出“水”字房。小梅略一犹豫，用力握了一下小柯的手，也跟着跑了出去。

饭馆外的停车场，狗狗把一根长棍子舞得虎虎生风，拦在一辆跑车前面。那跑车左摆右晃，试图绕开狗狗闯出去，却被狗狗接连几棍，在车上砸出几个凹坑。

看见众人冲出饭馆，莫妮卡慌了，牙一咬，心一横，跑车倒了几步，加速向狗狗撞去。

众人一声惊呼。

狗狗从小在乡下打架打惯了的，哪会把莫妮卡这点吓人的小伎俩放在眼里。眼看着跑车撞来，他不慌不忙往旁边跳了一步，两手把棍子抡圆了，“嗵”地一声巨响，把跑车的挡风玻璃砸成了一片凹陷的蜘蛛网。碎玻璃带着冷风在莫妮卡脸侧划过，吓得她尖声惊叫，跑车方向一歪，一头撞在旁边的石墩上，憋熄火了。

“收手吧！你们老大已经被捕了，你何苦还替他卖命！”老梅大声说道。

莫妮卡惊魂稍定，扭头看去，老梅、封不平等人已经大步逼近，心里又是一阵慌。但她随即看到老梅身后的那个人，不由得又嚣张起来：

“你这个臭警察。有本事来抓我啊！”

封不平一看见莫妮卡这样子就来气，冲过来一把拽开车门，揪住胳膊扯了出来。夏有米、狗狗一起配合，七手八脚地把她按在地上。随后赶到的小蝴蝶没帮上忙，脑袋伸进车里扫视了一圈，嘿嘿一乐，抬手把车门撞上了。

莫妮卡却一副死猪不怕开水烫的架势：“你们几个臭男人，最好对老娘尊重点，要不跟你们没完！”

狗狗一伸手，把木棍直杵到莫妮卡面前：“放老实点，骚娘们儿，俺不会让你再跑第二次了。”

莫妮卡想起挡风玻璃，不禁打了个寒战，恨恨地从牙缝里迸出几个字。

“你个狗腿子！”

“狗腿子怎么了？俺行得端，坐得正，就是要当俺叔一辈子的狗腿子！”狗狗紧握手中大棍，骄傲地说。

此时的“水”字房内，小柯迷迷糊糊地坐了起来，抬眼看见桌上依旧昏迷的谭大师，一个激灵清醒过来，跌跌撞撞地冲出门去。

跑出大门口，一看到外面的场面，小柯急了，抬手大喊：“叔叔叔叔叔——”

老梅听到小柯的叫声，没有回头，在他心里，这个除了唱歌什么时候都磕巴的小子根本就是个无足轻重的人，比起眼前这个犯罪嫌疑人，分量差得太远了。小梅听到声音，惊喜地回过头，却正看见老梅身后满脸阴沉的大老总抬腿死命一脚，狠狠地踢在老梅的左腿上。她还来不及惊叫，就被大老总勒住脖子，架上了一把寒光闪闪的利刃。

在场的所有人都没有料到形势竟然会有这样的逆转，一时全都呆住了。

老梅扑倒在地，痛苦地转过身来，怒视着大老总。

“不好意思啊老梅。”大老总得意扬扬地说，“当年让你伤了右腿，今天又把左腿废了……”

“你，你是当年的‘飞夏利’!!”老梅又惊又怒。

“哈哈哈哈……”大老总仰天狂笑，“大概也只有你会记得这名字吧？不错，我就是‘飞夏利’，也是大老总，还是你们抓的黑老大背后真正的黑老大！”

“你，居然还在！”

“当然！我还知道你一直恨我，不甘心一辈子在刑警队打杂，总想找到我给你那瘸腿报仇。本来今天见到你，就想挑个时间好好跟你叙叙旧的，没想到你个退休警察还来坏老子的好事！”

“小梅——”小柯一声悲呼，就要冲过来。老梅强支身体大喊：“别莽撞！”小蕾、小蕊和功夫明星迎上去，把小柯死死抱住。

“你要怎么才肯放开我闺女？”到底是多年的老警察，老梅很快就冷静下来。

大老总一声冷笑，下巴往莫妮卡的方向抬了抬：“这还不明白？先把她放了。”

封不平恍然大悟：“原来你们俩是一伙的？怪不得今天这么多怪事，都是你们一个明一个暗整出来的！”

大老总哈哈大笑：“封老板，亏你在商场滚打那么多年，竟然还这么天真幼稚。现在这世道，还有几样东西是真的?!”看众人似乎已经被他的气势震慑住，他不禁有些得意，“本来我也只想来吃顿饭就完了，没想到被你们这帮蠢货一搅和，我不得不出手了。你们放心，那个光盘已经被我掰成了碎片，没了证据，过几天我的兄弟就能毫发无伤地出来。”

“不知道他妈谁蠢，”封不平愤愤地嘀咕，“老子还有硬盘呢！”

似乎听到了封不平的话，大老总嘲弄地道：“监控室的主机，你的电脑，两个硬盘都被我砸烂了。你还别说，你们保安室的那把榔头质量还真不错。”

众人悚然一惊。夏有米悄悄问封不平：“有备份吗？”看到封不平绝望地摇摇头，他也泄了气，“你个白痴……”

“可惜啊，‘大老总’这么好的身份，以后就不能用啦。不过老梅你要记住，不管我是什么身份，你永远也不可能是我的对手！哈哈……”大老总笑着，盯着封不平、夏有米等人，“你们还不明白吗？如果还想要这妞儿的小命，就赶紧的把我的人放了！”

二、20：36　让夏利飞一会儿

自从大老总现身，莫妮卡就一直得意地笑，似乎相信自己能重出生天，听了这话，她更加嚣张了，扭肩甩胯地叫嚷着：“听到没？都给我闪开！闪开！！”

看着被大老总挟持的小梅惊恐的表情，封、夏等人虽然满心不情愿，但还是迟疑地退了开去。

莫妮卡得意扬扬拉开车门上车，正要发动车子，突然发现原本插在驾驶座前的车钥匙不见了。她惊慌地往车外看，只见在封不平的身后，小蝴蝶得意地翘着右手中指，车钥匙正在那根手指上快乐地旋转。

莫妮卡大怒，正要下车，只听咔吧一声，车门锁上了。她扒着车窗大叫："你这天杀的小贼，快点放我出去！"

小蝴蝶得意地晃荡过来，拍拍车窗："你就在里面好好待着吧！总有放你出来的时候。"

大老总终于沉不住气了，挟持着小梅走向轿车。小蝴蝶见势不妙，飞快地躲到别人身后去了。

小柯挣脱拉着他的手，追了过去："等——等等！"

大老总停下脚步，轻蔑地看着小柯："小磕巴，你的脖子好啦？想来个临别赠言还是怎么的？"

小柯停下脚步，低着头，喘着粗气。他转身看看正在被人扶起的老梅，一字一句地说："叔叔，你问我没车，没钱，没房，凭啥娶小梅……现在我就告诉你，就凭着没有她我就不能活！"

最后一句，已经是撕心裂肺的嘶吼。

众人还没有反应过来，小柯已经转身扑向大老总。

大老总早已把饭局这帮人的底细摸清，哪里会把这种毫无技术含量的攻击放在眼里，微微侧身把小梅带到一边，飞起一脚，正中小柯胸口，把他踢了出去。

一条血线在半空中划过，随着小柯一起跌落。

"小柯——"小梅声嘶力竭地大叫，眼泪止不住地往下流。看着小柯在地上翻滚着挣扎爬起来，又向这边冲来，她终于忍不住爆发了，抱住大老总的胳膊，狠狠地一口咬下。

大老总惨叫一声，胳膊一甩，小梅跌跌撞撞地摔了出去，被跑过来的小蝴蝶扶住。

小梅的安全让众人心头一松，几个男人齐齐冲了上去。

扶着老梅的小蕾看着身边金灶沐紧张的表情，很奇怪："家明你怎么不上啊，你不是会功夫吗?"

"家明不会打架的啦，家明电影里那些都是排练好的啦。"因为紧张，他似乎已经忘记了自己现在有个新名字。

小蕊一听就来气："别人命都舍得，你这身强力壮的好意思躲在后头?"她侧身骗腿，一脚踹在功夫明星的屁股上。金灶沐还没明白是怎么回事，已经不由自主地跌跌撞撞向大老总冲去。只是还没近身，就被迎面一腿踢了个跟头。

小柯再次扑上，一把抱住大老总的腿。大老总挣了两挣没挣脱，一记肘锤顶在他背心。小柯"咯"地一声，口中又喷出一道血沫，但仍旧死死地抱住不放。

狗狗也冲到了，使出小时候打架的手段，抱住大腿就是一口。

大老总连挨两口，不由得凶性大发，一拳砸在狗狗后脑。狗狗只觉脑袋"嗡"地一声，顿时昏了过去。

大老总抬腿把狗狗踢到一边，又连踢带打地把小柯甩开，像一头负痛的凶兽一般，恶狠狠地盯着众人。

见他如此凶悍，封不平等人也不禁脑后生寒，不知如何是好。

"兄弟们！闪开啦!"

突然，蔡哥的破锣嗓子嘹亮地响起，接着就是雪亮的两道白光，刺得大老总两眼发花，赶紧抬手遮住脸。

众人扭头看去，只见老梅驾驶着蔡哥的超长豪华越野车呼啸而来。

"嘭"地一声巨响，大老总惨叫一声，飞了出去。

半空中，大老总听到蔡哥得意的大吼："新车撞坏人，晦气一扫光！他奶奶的!"

三、21：30　有人欢喜有人愁

蔡哥的救护车没有白叫。虽然救护车到达“天人一”的时候，谭大师已经醒转过来，但双腿被撞断的大老总还用得着。更何况还有好几个受伤的人需要包扎。

接到封不平报警赶来的年轻警官对老梅翘起了大拇指：“师傅你也忒神了。来一饭局都能破这么大的案子。”

老梅却有些郁郁的：“神什么神，证据都被那家伙毁了。唉!”

“老爸，我说你怎么一直没精打采的，原来是为这事儿啊。”旁边的小梅听到了，得意地掏出手机，噼里啪啦一通按，又举到老梅面前，“瞧瞧，这是什么?”

手机屏幕上，黑道大哥独自坐在圆桌前，桌上摆满了菜，他手拿一杯红酒，漫不经心地晃着……

老梅大喜过望：“行啊闺女，你这是……”

小梅小嘴一撇，拿腔捏调地：“这当然是我成天拿个手机瞎拍的结果喽……”

“这死丫头。”老梅笑骂一声，转脸看见年轻警官有些茫然，他一拍脑袋，“哦，介绍一下，这是我闺女。这个……是我女婿，小柯。”

小梅和小柯惊喜地对视一眼，小梅跳过来一把把老梅抱住，在他脸上响亮地亲了一口：“老爸，谢谢你。”

老梅摸摸脸，竟似有点不好意思，摇头叹道：“有什么办法呢?女大不由爹啊……”说完哈哈大笑。

小梅喜滋滋地把小柯拉到一边，给他看手机里拍摄的内容。忽然看见谭大师揉着脑袋从天人一走出来，嘻嘻一笑，冲他招招手。

谭大师很郁闷，原本以为有一场艳遇，却突然晕了过去。等到醒来，却发现自己躺在“水”字房的桌子上，浑身上下到处都疼，像干了很久体力活似的，身上的衣服胡乱地扔在地上，而那位艳遇的对象也不见了踪影。

谭大师一边慌忙把衣服套上，一边在使劲地回忆到底发生了什么，难道自己在糊里糊涂中就完成了一场身心交流不成？极有可能，要不然怎么会这么累？还好，看来并没有人发现，自己衣服也算穿得周整了吧？

不过有一点很奇怪，几乎所有人，看见他的时候都是一副忍俊不禁的表情，就像他脸上长了朵花似的。这笑让他莫名其妙，更让他心里发虚。莫非晕倒之前发生了什么事情？可是他想啊想啊，就是想不出来，甚至连怎么遇见莫妮卡都记不起来了。

看见小梅叫他，谭大师矜持地走过来，端着架子：“有什么事吗？”

小梅笑嘻嘻地把手机举到他面前：“我拍了一段视频，想请大师鉴赏鉴赏。”

“哦。”谭大师矜持地点点头，凑近一看，不禁一怔——视频的开始就是一条豹纹内裤，看着很熟悉的样子。他下意识地摸摸屁股。接下来镜头上移，是一个肥胖的肚腩，又是一张熟悉的胖脸，再然后，镜头拉至全景，只见一个胖男人两只手和一只脚被裤带绑着吊在吊灯上，另一只脚勉勉强强能够碰到桌面，在半空中左摆右晃，像是在做芭蕾舞的旋转动作。

“这是……”谭大师的眼一下子直了，老脸煞白。看见小梅促狭的表情，他长号一声，抱头鼠窜。小梅乐哈哈地举着手机追上去……

四、21：25　不能不交代的人物

西山脚下，“天人一”前大厨一行执著地在公路边想拦一辆进城的车，可惜，队伍庞大，又全都扛着铺盖卷，没有车愿意拉他们。

夏初的季节，山区的夜晚还是有层层凉意一阵阵袭来。到了这个时候，大家对大厨这个带头人已经没有任何信任可言，全都一肚子怨气——这大半天下来，饿肚子就不说了，还黑灯瞎火地在这荒凉的山区公路吹冷风，整个就是饥寒交迫啊。

要说大厨本人才是心理落差最大的那个，拉队伍走人的时候是多么志得意满，事到如今，人人都拿白眼对他，莫老板更是一直没有音信，他越想越觉得心虚，越想越觉得憋屈，自己就把和大家的距离拉开了，孤零零一个远远地蹲着。

“呜啦——呜啦——”

救护车的鸣笛声由远而近，很快，一辆120的急救车从他们身边驶过，拐上盘山道，往山上去了。

大厨没什么反应，二厨和三厨却是心头一惊，救护车？难道上面出事了？想到临走前大厨给封不平留下的“念想”，两人的眼神中就流露出一丝后怕，却又不敢明言，不由得对大厨的怨气又加深了几分，他俩交换了个眼神，终于下定决心朝大厨走过去。

闷头抽烟的大厨见到两个人走近，微微吃了一惊，慢慢站起来。看到情形不对的女服务员们也慢慢围了过来。

“喂，事情都到这份儿上了，你不声不响就算完啦？”二厨毫不客气。

大厨不吭声。

“你花言巧语地鼓动咱们跟你一块走人，结果你的大老板呢？电话不通，车不来接，剩我们在这个鸟不拉屎的破地儿挨饿受冻，你他妈到底有谱没谱啊？”三厨也是义愤填膺。

大厨还是不吭声。

“唉，别吵吵了，吵了有啥用？你不是一口咬定人家开的大饭店吗？那就把那照片给我们瞧瞧，要真是，这事儿咱们再两说。”领班站了出来。

众人纷纷附和。

到了这一步，大厨也没有别的借口，只好掏出手机，翻出莫老板发给他的彩信照片，沉默地递到大家面前。

照片上是一家宽阔的饭店大堂，果然是金碧辉煌，奢华大气，用“天人一”不知道几条街。众人一时无语，只有领班像是发现了什么，一把把手机抢过去，把照片放大仔细地看了又看，突然转头恼恨又鄙夷地瞪着大厨。

“你这是做啥?”大厨很茫然。

“你个白痴!”领班咆哮起来，“你眼睛长后脑勺上去啦？这他妈照片上人家吃的是西餐，这就是一家西餐馆子，你他妈一个炒中国菜的厨子人家请你去干嘛？你还敢说你不是上当?”

众人大惊失色，急忙凑上来再重新仔细看那照片，愕然发现，照片上在用餐的顾客手里都拿着刀叉!

数十道愤怒的目光齐齐刺向大厨，大厨心里一慌，喊着“不可能”，急忙抢回手机张大眼睛一番细瞧，事实给了他一记响亮的耳光，他一下子懵了，嘴里还在辩解：“那，那人家要是看上俺的手艺，请、请了俺去要卖中国菜呢?”

“呸!”众人一起鄙视了他。

这时一阵警笛长鸣，没等大家反应过来怎么回事，数辆110的警车已经拉着长笛闪着警灯上山了。

二厨和三厨再次交换了惊慌的眼神，二厨一拍大腿冲上去揪住大厨的脖领子，咬牙切齿地说：“你他妈为了一个骚娘们儿，被一张假照片骗得团团转，还要拉我们跟你一起丢了饭碗，你不给我们一个交代这事儿不算完!”

大厨被二厨狰狞的目光吓住，一急之下，脱口而出：“不可能，她还给过我钱!”

“钱”字一出口，大厨立时后悔了，因为众人投向他的目光除了愤怒更添了仇恨!

二厨和三厨那个气啊！除了分到几根香烟，自己简直是白白地当了一回小跟班啊，帮着这个傻逼跑前跑后地张罗，还以为能多捞点好处，没想到人家得了好处根本就没他们的份儿!

“妈的！饭碗砸了，钱你别想独吞！拿出来，给大伙儿分!”二厨怒吼。

大厨也是吓傻了，一听要分钱，条件反射地就攥紧了裤腰带。二厨跟三厨使个眼色，两人扑上去抓住大厨的裤子就扯，所谓双拳难敌四手，大厨再有蛮力，也挡不住两个失去理智的人。

“哧啦”一声，大厨的裤子被撕破，缝在裤腰上的钱袋也开了线，粉通通的钞票立刻掉了出来，给山风一吹，马上飘扬四散。众人七手八脚一通抢乱。

三厨是个谨慎的人，抢了四五张钞票并不急着往兜里塞，而是掏出他那只山寨版手机。山寨手机虽说有这样那样的毛病，一直受人诟病，但胜在功能齐全，比如，三厨这一款就带有验钞的功能。

他打开验钞灯，往钞票上来回照了好几遍，悲愤之情油然而生：“别抢啦！都他妈是假的！”

众人大惊，不等他们把手里的钱看清楚，三厨已经把那几张假币一扔，愤怒地指着大厨喊：“你这个王八蛋！把我们大家都给坑啦！封老板只不过欠了你几个月工资，你就敢往人家厨房里下毒！”

“什么？”众人一听顿时鼓噪起来。

“没错！我亲眼看见的！当时劝他他还不听！刚刚大家都看到了吧？救护车、警车都上去了，他妈的肯定出大事了！我们不能被他连累，把这小子抓起来交公安局！”一说完，二厨自己就率先扑了上去。

大厨张嘴正想说什么，二厨已经一记老拳打在他腮帮上，接着三厨也冲了上来，拳打上三路，脚下使绊子，大厨顿时站立不稳，三个人滚成一团，“啊”“呀”“哎哟”惨叫声不断。

服务员们虽然都是女人，遇到这种时候，也表现出几分男儿气概，冲上去帮着二厨、三厨按住大厨一顿胖揍，有几个脾气暴躁的还脱下了高跟鞋往大厨脑袋上敲，不多时，大厨就已经看不出原来的面目了，出现在大家眼前的是好大一个酱猪头！

正打得忘乎所以，一阵警笛响，前面上车的警车又拉着长笛下来了。

众人顿时作鸟兽散，跑到路边胆战心惊地看着警车驶来。大厨好不容易从众人的围攻下解放出来，晃晃悠悠爬起，冲到路中间，举起双臂，朝着警车用力挥舞：“警察同志，救……救命啊……”

尾声

时光飞逝，转眼，年关到了。

这一天，太阳高挂，万里无云，是冬日里难得的好日头。

“天人一”门前，彩旗招展，牌楼、屋檐下都挂满了红灯笼，地上铺着红地毯，宾客盈门，一派喜庆。

狗狗换了一身笔挺崭新的保安制服，精神抖擞地指挥着一支鼓乐队在大门外整齐列队。

“来来，吹起来，打起来，记住啊，动静要大，哥儿几个今天卖卖力气，我……我叔不会亏待你们的！”

鼓乐队各就各位立刻吹打起来，欢喜的乐声立刻传遍了整个山林。

大堂里，小蝴蝶指挥着几个新招的服务员把餐具摆放到圆桌上，小蕾和小蕊也积极地加入。小蝴蝶的新制服上挂着领班的胸牌，举手投足间已经有了领导的风范，入行虽然晚，但小蕾、小蕊却绝对的服气，因为……

“啊！”新来的一个服务员发出一声尖叫。

只见一只白瓷茶杯从她手中滑脱，眼看就要掉在地上摔个粉身碎骨，说时迟那时快，原本还在两米外的小蝴蝶脚下一点，滑步而至，身体灵活地一猫腰，玉臂舒展使一个海底捞月，稳稳地把那只茶杯捞在了手里。

新来的服务员看得目瞪口呆，小蝴蝶把茶杯往她手里一放，转身又指挥别的人去了。小蕾、小蕊过来，同情地拍了拍新人，就凭小蝴蝶这身手，让小蝴蝶做领班，她们是心悦诚服。

封不平匆匆走来，今天他也穿了一身礼服，看得出来好好捯饬过，小胡子修得特别精神有型。他一眼扫过大堂，似乎对大家勤恳的工作状态还比较满意，没有多做停留，又往厨房去了。

还没到厨房，远远就能听见里面传来叮叮当当炒菜的声音，很是热闹。封不平脸上不由露出一丝微笑，几步走进厨房，迎接他的是一片有条不紊地忙碌场面。

中间的操作台上，新招的切菜工在熟练地切着萝卜丝，一把雪亮的切菜刀在他手里使得得心应手，"哚哚哚哚"连声脆响，一大盘细如发丝的萝卜丝就切好了。另一边的灶台上，新来的二厨、三厨忙着炸丸子、蒸馒头，各司其责。

最眼熟的要数背对厨房大门，卖力挥动大勺的大厨——夏有米。没错，自从那天被封不平硬拉着上了灶台，夏有米就找到了真正的自己，他不再是那个谨小慎微的老虾米，而是指挥若定胸有成竹的夏大厨师，只要往灶台前那么一站，他的脸上就沐浴着神圣的光辉。

"老封！你要的海鲜我给你送来了。"金叶一路喊着进来了。

"哟，嫂子，这趟又辛苦你了。"

"少说好听的，记得结账。"

"没问题，没问题，等会儿我叫会计给你结现金。"

金叶这才笑呵呵地走到夏有米身边，看他热得一头的汗，心疼地掏出纸巾帮他擦。

"别别，别挡着，正忙着呢。"夏有米头都不抬一下。

金叶听话地让到一边，满含柔情地看着自己的老公，认真工作的男人就是帅啊。

"老封！老封！你妈的在哪儿呢？"一听就是蔡哥在叫嚷。

封不平忙连声答应跑出来，差点和急冲冲奔进来的蔡哥撞了个满怀。

"哎哟，蔡哥你这是慌什么？"

"快点儿快点儿，婚车说话就到了，给，这是份子钱，你帮我一块儿给。"

蔡哥傲然甩出一沓钞票。

封不平诧异地问："这么多？"

"这他妈算什么多？老子纸内裤都是 LV 的！"

"那个，"封不平故作神秘地左右看看，凑近蔡哥耳语，"有没有人跟你说过，LV 没有出过纸内裤。"

"不可能！"蔡哥伸手就把纸内裤的边拽出来， "你看，上面明明写的 LV。"

"真不是 LV，你看这后边还有字儿呢，这是拼音，勒余驴，驴牌。"

蔡哥瞪眼怔了好一会儿，才嚷道："驴牌咋啦？老子支持国货！"

"砰，啪！"一阵鞭炮声炸响，外面顿时热闹了起来，蔡哥忙和封不平迎出去。

一辆豪华轿车停到大门口，车门打开，一脚跨出车门的不是新人，却是功夫明星家明，哦不，他已经改名叫金灶沐了。应了谭大师的预言，金灶沐又火了，只不过时间比谭大师的预言整整提前了一年。

早来的宾客嘴里喊着"家明、家明""大明星！签个名吧！"纷纷拥上去要求握手拍照，场面一时有些混乱。

金灶沐急忙高举右手："不要慌！不要挤！我现在不叫家明了，叫金灶沐！金灶沐现在要大家都冷静，退后、退后，来，大家一起欢迎今天的新人出场！"

人群听从金灶沐的指挥，从中间分出一条通道，一辆装饰浪漫唯美的婚车驶来，第一个下来的，是精神奕奕的老梅，他从容地微笑着向大家致意，步履稳健，完全不受瘸腿的影响。

在老梅后面下车的，就是今天这场婚礼的主角——小柯、小梅。乐队奏响《婚礼进行曲》，伴着乐声，小柯和小梅手挽手走上红毯，小柯略显紧张，小梅却满脸喜气，耳朵里依然塞着耳机，不时跟着音乐摇头晃脑。

婚礼开始，婚礼主持人健步上场，不是别人，却是曾经的国学、成功学、风水学三栖大师谭大山，市场风云变幻，他的那一套早就没人信了，凭着敏锐的洞察力和灵活的头脑，他义无反顾地投身到婚礼主持的行业中，并很快就凭借独特的个人魅力打响了知名度，闯出了另一片天地。

一番煽情幽默的开场白后，谭大山盛情邀请老梅上台致辞。

在大家热烈的掌声中，老梅走上台，看了看台上的女儿女婿，又看向台下的宾客，感慨地说："作为一个独自抚养女儿长大的父亲，我特别不愿意面对今天这个日子，但我又很欣慰，因为我的女儿小梅，嫁了一个好青年，一个愿意付出生命去爱她的好男人。在此，我也要特别感谢老天的安排，让我不但有了一个好女婿，也结识了一帮好朋友，封老板、小蔡、老虾米、家明……"

金灶沐大声抗议："人家现在叫金灶沐啦！"

"对对，金灶沐，不管叫什么吧，还有我们的主持人谭大师，虽然你不再给人看风水指导人生了，不过有一件事我相信你一定是对的，就是天人一这个地方确实是个福地，有气场！"

"说得好！"蔡哥用力鼓掌，如今他已是"天人一"的半个老板，最喜欢别人夸"天人一"好。

"今天我们相聚天人一，见证我女儿的幸福，也祝愿大家家庭和美万事如意！"

掌声如雷，谭大师趁热打铁请新郎小柯也讲几句话，大家马上安静了，都热切地盯着台上，就像期待一个精彩的节目。

小柯从老梅手中接过麦克风，老梅悄声叮嘱："要简洁。"小柯点点头，上前一步，举起麦克风，酝酿了一会儿，说出铿锵有力的两个字——"上菜！"

"来喽！"

夏有米领头，服务员们列队而出，给每桌都上了一个大盘子。

"请大家品尝，本店经典招牌大菜——极品至尊皇家萝卜王！"夏有米高亢有力地报出菜名。

众人大笑，纷纷举筷开席，等到酒至半酣宴席渐渐到了尾声，蔡哥推着一辆小餐车出来，笑容可掬地挨桌给大家发起了纪念品。

“来来，人手一份，小是小点，留个纪念、纪念，呵呵……”

老梅正和封不平喝得高兴，问道：“还有纪念品？这我怎么不知道？”

“别说你，我都不知道，这小子，不知道又搞什么新花样。”

蔡哥推着餐车过来，把两份纪念品送到老梅和封不平的手上。两人拿到一看，是一个纸套，里面有一张小小的光盘，两人一愣。

“看背面、背面！”蔡哥热切地提醒。

老梅和封不平翻过纸套的背面，只见上面印着一行小字：本饭馆承接婚宴、会议、商务活动各类大小饭局！饭菜可口，服务优良，价格公道，童叟无欺！凡光临本店的顾客均可免费获赠一张纪念光盘，现录现刻，保证质量！

两人对看一眼，同时放声大笑！

后　记

断断续续写字已经十来年了，近几年也参与了一些剧本的创作，但把剧本改写成小说还是第一次。最初只看见《饭局也疯狂》的人物设定，直觉就是“有戏”；当发现拿到手里的竟是导演本时，心里更是窃喜——尚敬是我喜欢的导演，他的作品，特别是《武林外传》早已看过多遍；俞白眉编创的《房前屋后》等剧集也曾让我久久回味，所以，虽然接到的任务是写《饭局也疯狂》剧本小说，但从剧本中学习和借鉴的意义已经远远超出小说本身。

接到任务的时候已近年底，因为预定小说和电影在龙年春节同步上市，所以从拿到剧本到交稿，“工期”只有短短一周时间。在这几天里，要熟悉剧本、梳理故事脉络、理清改编思路、确定叙事结构，再到创作和修改，最终完成一部十万余字的小说，压力着实不小。《饭局也疯狂》保持了尚导一贯的黑色幽默，在保留这一风格特点的同时，如何将镜头语言顺利转换成文字，并使之为小说服务，也是一件颇费脑细胞的事情。所幸制作方给了很大的自由度，甚至明明白白地说“不要照搬剧本”，才让我立足于剧本却又不局限于剧本，能够放开手脚去构思自己的“饭局”故事。

最终呈现在读者面前的这部小说，不管是在结构上还是情节上，已经和剧本有很大的不同，特别是前半部分。后半部分的“大饭局”，因为是整个故事的精髓，所以只做了一些细节的调整和补充。如果是已经看过电影的读者，应该会很容易看出二者之间的异同。

在写这篇后记的时候，这部小说已经在手机阅读平台上线一个多月，看着阅读量一天天增长、浏览读者评论，也是件挺有意思的事情。当然，小说不可能对所有人的胃口，有褒，说明尚有可取之处；有贬，也可提醒自己继续努力。作为作者，能够做的只是认认真真地写好每一句、每一段，尽可能拿出一部自己尚感满意、希望读者也能够满意的作品。

现在回头望去，那紧张、充实又有几分忙乱的一个星期犹如昨日。虽然因为种种原因，小说出版没能和电影同步，算是有点小小的遗憾，但从另外一个角度来说，这样也许会让读者给予这本书一个更为客观的评价，以作者小小私心而言，倒也不失为一件好事。

作　者

2012. 1. 11